AU DÉBUT C'ÉTAIT JUSTE UN BLEU

AU DÉBUT C'ÉTAIT JUSTE UN BLEU

ANNE PEIGNELIN

City
Témoignage

Retrouvez tous les titres City Éditions :

www.city-editions.com

Photo de couverture : Shutterstock
ISBN : 978-2-8246-4013-6
Code Hachette : 16 6408 3
Collection dirigée par Christian English et Frédéric Thibaud
Catalogues et manuscrits : city-editions.com

Dépôt légal : Août 2024

Sommaire

Préface 11
Lucette, ma mère, Lulu 13
Quand tout a basculé 23
Pas le choix 39
On coche des cases, on signe 52
On leur a confié Lucette 61
« Tout va bien » 63
Covid et isolement 78
La maison de Saint-Georges 117
Dernière autoroute A10 157
Reconstructions 190
La vie continue 204
Ces gens-là ne demandent pas pardon 209
Pardon maman... 211
Ceux qui sont vrais et les autres 213
Un cadeau caché 215
Remerciements et pensées 219

À ma mère

« Je sais bien que c'est ta mère, mais c'est tout de même beau, un amour comme ça. Ça finit par vous faire envie… Y aura jamais une autre femme pour t'aimer comme elle, dans la vie. Ça, c'est sûr. »

L'AMOUR MATERNEL
DANS *LA PROMESSE DE L'AUBE* DE ROMAIN GARY

*« Sa mort ne l'a pas expulsée de ma vie.
Au contraire, je suis devenu son monument. »*

ÉRIC-EMMANUEL SCHMITT,
JOURNAL D'UN AMOUR PERDU

Préface

Il n'y a pas eu Lulu souriante et pleine de vie, et Lulu tout à coup couverte d'hématomes. Je n'ai pas déposé un matin ma maman en pleine forme pour la récupérer le soir même maltraitée. Orpea n'est pas un agresseur de ruelle obscure. Tout ça est plus insidieux, et si j'avais su la fin avant le début, jamais je n'aurais laissé ma mère seule. Le manque de respect de l'intégrité des personnes âgées est un système bien rodé qui découle d'un processus complexe. Dans ce tourbillon de déshumanisation, se perd un personnel qui aimerait prendre soin des familles à qui l'on ment et des anciens à qui l'on vole une dignité qu'ils ont passé une vie à tenter de conserver. On m'a enlevé ma mère par petits morceaux et on a fait en sorte que je ne voie rien venir. Je comprends qu'on puisse penser qu'aux premiers signes de mauvais traitement, les familles auraient dû retirer leurs parents. Tout comme au premier coup dans un couple. Mais si des dizaines de fratries se sont laissé berner, c'est qu'il y a une raison. Elles ont été baladées de « tout va bien » en « nous pouvons vous expliquer » et le confinement n'a rien arrangé. Je m'appelle Anne et je vais tout vous raconter.

Lucette, ma mère, Lulu

J'ai toujours été très fusionnelle avec ma mère, de ces relations intenses basées sur une confiance sans failles et des promesses à la pelle. Il faut dire que ma mère, Lucette, que tout son petit monde appelait Lulu, était un sacré personnage. Lulu, c'était quelqu'un ! Jeune, elle portait les combats de ceux et celles qui ne pouvaient pas batailler seuls. Lucette, en pleine possession de ses moyens, c'était quelque chose et surtout quelqu'un. Jamais elle n'avait envisagé ni accepté d'être une victime, et c'est ce qu'elle est devenue. En témoignant aujourd'hui, je veux parler de ce qui lui est arrivé, mais aussi d'elle parce que ma mère n'est pas simplement un numéro de résidente Orpea. Avant tout ça, avant de souffrir autant, avant de perdre ses forces, avant qu'on ne les lui vole, elle a été un être débordant d'entrain et de puissance. Lucette est née le 17 janvier 1931 à Oyré, dans un petit village de la Vienne. Son père Auguste était un solide gaillard, au caractère bien trempé et aux grands yeux bleus. Je ne l'ai vu que sur quelques photos, il est décédé bien avant ma naissance. Auguste était ouvrier agricole, et le mari pas toujours très tendre, mais tout de même respectueux d'Armance, ma grand-mère. Je pense que la tendresse à cette époque appartenait à la poésie et avait peu de place dans la réalité de la vie de mes grands-parents. J'ai connu la maman de Lucette, bien qu'elle soit morte quand j'étais enfant. Elle revêtait toujours une robe noire et relevait ses cheveux très blancs en un chignon impeccable. Au décès de son mari, elle a décidé de porter le deuil jusqu'à la fin de ses jours. Elle me faisait rire et, déjà petite, je pensais qu'il allait falloir que je sois à la hauteur de ces deux femmes.

Ma mère était une enfant qui apprenait très bien à l'école, assez douée pour beaucoup de choses et plus ingénieuse que la moyenne. Elle écrivait et dessinait très bien, elle était pourvue d'un solide bon sens qui l'a guidée tout au long de sa vie et qu'elle considérait comme de l'intelligence. Après la classe, à l'instar de beaucoup de gamins à la campagne et à cette époque, elle allait garder les vaches, elle n'aimait pas trop ça et aurait préféré étudier un peu plus. Mais ses frères et sœurs n'ayant pas fait d'études, pour Auguste, il n'était pas concevable que Lucette ait un traitement différent. Bien que l'institutrice soit venue les voir pour leur dire que « Lucette pourrait aller loin ». Loin, elle aurait aimé y aller, quand quelques années plus tard, à l'issue de son apprentissage de modiste, un représentant lui a proposé de venir travailler à Paris, au Bon Marché… Mais là encore, pas question de la laisser partir. Elle resta donc à Poitiers, modiste à la Maison Dussurget, rue de la Regratterie. Ma mère adorait faire et vendre des chapeaux aux grandes dames de la bourgeoisie locale, sans jamais les envier, j'en suis certaine. Je suis tellement fière de voir ses créations. Rapidement, ma mère a été très courtisée. Comme elle adorait coudre et créer, elle était toujours bien habillée et très bien coiffée. Pour que ses cheveux restent impeccables, ses copines et elle utilisaient de l'eau sucrée en guise de laque. Et quand elle ne pouvait pas s'acheter des bas qui avaient cette belle couture qui descendait le long de la jambe, elle la dessinait. Elle aimait bien me raconter cette époque de sa vie et je prenais beaucoup de plaisir à l'écouter. Avant de céder au charme, aux charmes de mon père, ma mère a fréquenté un jeune homme qui était coureur cycliste, un peu la star locale. Mais… il s'est trouvé qu'il était un piètre danseur et beaucoup moins drôle que Claude, mon père (à ne pas confondre avec son frère jumeau Jean, mon « tonton le même »). C'était une sorte de croisement entre Jean Lefebvre et Jean-Paul Belmondo, et une des personnes les plus gentilles que la terre ait portée. Leur idylle a bien commencé, mais mon papa abritait un démon, l'alcool. Et c'est toujours très digne que Lulu nous a raconté leurs heures sombres. Lucette a surmonté cette période avec courage, et elle l'évoquait sans rancœur. Elle n'a pas tourné le dos à mon père, elle l'a soutenu envers et contre tout et tous. Elle avait été séduite par ses talents de danseur. Elle avait rapidement compris que, des deux, Claude était le jumeau pas sage. Celui qui allait se montrer de bal en bal, un brin frimeur. Il disait qu'il faisait l'artiste. Il avait cet humour inné qui avait ensorcelé ma mère. Un jour, il lui avait demandé de venir le voir jouer au football. Comme il était moins obéissant que ses coéquipiers, il était gardien. Pendant le match, il a encaissé une dizaine de buts ! Il a bien sûr expliqué qu'il ne pouvait pas tout faire, regarder le ballon ou ma mère. J'aime me souvenir du rire de mes parents quand ils racontaient cette anecdote ; ils s'amusaient beaucoup. Je peux dire sans mentir qu'ils étaient un peu rock'n'roll, mes parents. Mon père plus que ma mère d'ailleurs, qui préférait en plaisanter. Elle savait relater avec humour, par exemple, la fois où il a vendu un objet qui lui appartenait à elle pour s'acheter la moto de ses rêves. Qui, certes, leur a servi à partir en voyage de noces, mais tout de même.

Non, la vie de Lulu n'a pas toujours été rose. Elle se devait d'être sérieuse pour deux. Même sa belle-famille l'encourageait à partir, parce que, disaient-ils, il allait mal finir. Sympa… Mais entre les deux jumeaux, celui impeccable sur les photos et celui au col un peu de travers et à la chemise mal mise, ma mère avait fait son choix. Les gens lisses sont rarement les plus séduisants et Lucette a toujours été une femme de caractère. N'empêche. Rapidement après leur mariage (pendant lequel Lucette portait une robe en satin broché ivoire magnifique), et peu de temps après la naissance de mon frère, il a fallu faire face aux réalités et aux conséquences que la consommation d'alcool avait dans le foyer. Mon père savait qu'il buvait trop. Alors il s'est fait soigner, comme on dit… À l'époque, faire une cure de désintoxication revenait ni plus ni moins à se faire interner en psychiatrie. La première tentative fut un échec. Mon père s'est échappé. Pendant ce temps-là, ma mère travaillait et s'occupait de mon frère. Je me souviens de sa voix quand elle me racontait qu'elle mangeait un sandwich en se retenant de pleurer pendant sa pause déjeuner, à Poitiers. Deuxième cure, deuxième échec. Ma mère me confia un jour qu'elle était allée jusqu'à monter l'escalier du Palais de Justice pour aller chercher des renseignements pour un divorce qu'elle avait envisagé, un jour où les larmes avaient coulé un peu plus que la veille ; toute la famille de mon père l'y encourageait. Elle a fait demi-tour avant d'arriver tout en haut.

Quand ma mère déteste, c'est pour la vie, et quand elle aime aussi. Sans concession. Sans marche arrière. Entière. Ma mère a donc soutenu mon père, elle s'est battue non pas à ses côtés, mais elle s'est battue pour lui et à sa place, contre vents et marées, et a essuyé d'un revers de la main, main bien courageuse, tous les bons conseils de sa belle-famille. Quand mon père évoquait cette période, son visage perdait ce petit sourire en coin qu'il avait habituellement. Il savait et disait haut et fort que ma mère était la seule à l'avoir sauvé. De cette lutte sans trêve qui a duré des années, Lucette a toujours dit que c'était normal, son rôle, ce qu'elle devait faire. Je n'ai jamais eu de problème avec ce côté sombre de mon père et, du plus profond de mon cœur, est née une grande fierté pour ma mère et aussi pour mon père. Ce que je n'ai pas manqué de leur dire, adolescente. Pour Lucette, il n'y avait pas de quoi. Elle avait fait son devoir. Il faut donc comprendre que, pour elle, se battre, c'est la norme. Ni plus ni moins.

Mon père enfin guéri, la vie de la famille Peignelin est devenue plus douce. Après cette période sombre, mon père ne boira plus jamais une goutte d'alcool. Trois ans après leur mariage, Lucette et Claude ont accueilli François, le premier avril 1954. Bébé bien portant au début puis assez fragile (oreilles, tympans, ventre), mais toujours très sage, ce qui avait grandement surpris ma mère étant donné le caractère fougueux de ses deux parents. Et début 1969, Lulu tombe de nouveau enceinte, je suis en route pour la vie. Quinze ans après mon frère. Personne n'était prêt à ma venue, mais ils m'ont tous tant aimée… Mes parents ont été fous de moi, tout de suite. Ma grand-mère a déclaré que je serais le bâton de vieillesse de ma mère et que j'allais la maintenir jeune : premier défi, retenir le temps qui passe ! Ma mère a arrêté de travailler pour s'occuper de moi. J'ai toujours entendu cette histoire, ce qui déjà, l'air de rien, a mis une jolie pression sur mes épaules. Ni désirée ni attendue, mais tellement choyée : le challenge est considérable. C'était le début d'un combat : ne jamais décevoir ! Il fallait que je sois à la hauteur de tout ça… quoi qu'il m'en coûte. Je me suis donc appliquée à être bonne élève, à être rigolote, gentille, à ne jamais faillir. L'objectif était simple : arriver à être, à rester la fierté de mes parents. Mon père trouvait que j'étais la plus belle, ma mère, que j'étais la plus forte. On m'associait plus à un petit bulldozer qu'aux héroïnes de la Bibliothèque rose. Mes parents avaient un magasin d'antiquités à Royan, où ma mère et moi rejoignions mon père tous les week-ends et à chaque période de vacances scolaires. J'ai donc des souvenirs d'enfance faits de plage, de glace au citron, de pains au sucre, de skate-board et de Club Mickey sur la Grande Plage de Royan. Mon maître-nageur possédait une Matra Bagheera avec trois places à l'avant ! Il y avait toujours des copines de mon frère pour venir me garder, ou bien mes cousines à qui parfois j'en faisais voir de toutes les couleurs... Je n'étais pas vraiment du genre à rester en place et je savais que j'avais un rôle important à jouer au sein de la famille. Parce qu'après tout, vu que j'étais là, il fallait absolument que je prouve que je valais le coup ! Je ne suis jamais allée vers la facilité, comme si je ressentais, de manière très inconsciente, le besoin de montrer de quoi j'étais capable. Je voulais être comme ma mère. Mais rien de tout cela n'était chagrin, la vie était très joyeuse. J'ai donc reçu de ma mère, dès ma naissance, une charge et un poids à porter, poids aussi lourd que son amour pour moi était puissant. Ce poids a disparu dans la souffrance à son décès.

Ma vie a donc, sans surprise, été jalonnée par toutes sortes de défis, et quand la vie ne se chargeait pas de me mettre à l'épreuve, je savais très bien m'en créer une, toute seule comme une grande, et force est de constater que c'est un véritable talent chez moi. Même pas peur et trop forte.

Grandir avec Lucette a été un bonheur immense, mais cette pression pour être une fille à sa hauteur m'a poussée parfois à faire de mauvais choix, à jouer le rôle de celle qu'ils semblaient tous vouloir que je sois. Ainsi, j'ai quitté la France pour les États-Unis, loin de mon cocon, de ma famille, de ma chambre, de mes affaires. J'avais la trouille au ventre et j'écoutais mes proches dire que c'était tout moi. Personne n'a été ni surpris ni inquiet, sauf moi. Je suis partie terrorisée, sans doute pour me prouver quelque chose, peut-être que j'étais forte comme ma mère. Car, oui, vous l'avez compris, Lucette était forte, mais également très sensible. Ce qu'elle camouflait à merveille, sauf avec moi. Par exemple, elle n'hésitait pas à me dire que mon choix d'habiter à Paris depuis vingt-cinq ans maintenant la faisait souffrir parce qu'on ne se voyait pas assez, parce que la confiance fait sauter la barrière de la pudeur. Avec le reste du monde, Lucette pratiquait le « faire genre », que j'ai repris d'elle. Ce trait de caractère aura son importance dans ce qui fut sa fin de vie. Lucette a toujours porté une carapace.

Voilà, je suis Anne, la fille de Claude et de Lulu. La fille aux yeux d'un drôle de vert, qu'on remarque très souvent. Et, chaque fois qu'on me complimente sur la couleur de mes yeux, je pense à Lulu, parce qu'elle avait exactement les mêmes.

Bien, il ne s'agissait pas d'un début de saga de la famille Peignelin, mais plutôt d'un planter de décor, clairement nécessaire pour la suite. J'ai vraiment besoin qu'au fil des mots le portrait de ma mère soit toujours là et que ses traits s'affinent. J'ai envie qu'elle soit présente. J'ai envie qu'on entende sa voix dans les mots que j'écris. C'est important.

Quand tout a basculé

Ma mère est arrivée à Saint-Georges en 1932, elle avait un an. Quand elle a dû quitter cet endroit, le 29 janvier 2020, ce fut un séisme. Elle a laissé le village, sa maison, ses meubles, toute sa vie.

Ces quinze dernières années, ma mère était contrainte, c'est le mot, à se déplacer assise sur un fauteuil roulant, ses jambes ne la portaient plus et son dos était trop faible et douloureux.

En revanche, elle gérait son intérieur, ses repas, son linge, à son rythme. Son lit était toujours fait, elle arrivait à passer le balai, faire sa vaisselle, sa toilette. Même si tout lui prenait beaucoup de temps, elle me disait qu'elle n'avait rien d'autre à faire et qu'il fallait bien s'occuper.

Un jour, sous la pression familiale, j'ai abordé avec elle la possibilité de faire venir quelqu'un pour l'aider avec le linge, le ménage… Je savais que j'allais déclencher une guerre. J'ai à peine eu le temps de finir ma phrase… Ma mère a planté son regard dans le mien, vert contre vert, et m'a dit : « Tu veux donc qu'une inconnue vienne plier et ranger mes culottes ? » Croyez-moi, le ton était sans appel. Bien sûr, je la comprenais, elle souhaitait continuer à choisir l'heure de ses repas, ce qu'elle mangerait, l'heure à laquelle elle allait se coucher, boire son café quand elle le désirait… Sinon, pourquoi se lèverait-elle le matin ? À quoi lui servirait ce semblant de vie si tout était décidé pour elle ? Ces questions ont d'ailleurs suscité de belles querelles. Certains membres de la famille ne comprenaient pas que je puisse me ranger du côté du refus de ma mère. Mais leur incompréhension m'était bien égale. C'était en quelque sorte un pacte entre elle et moi, un pacte que j'avais fait quelques années plus tôt aussi avec mon père, je me fichais pas mal de ce que pensaient les autres. Je savais que cela ferait partie des batailles que j'aurais à mener. Je voulais que la vie de ma mère soit le plus longtemps possible conforme à ce qu'elle espérait. Elle avait ce droit-là et je ne souhaitais pas le bafouer. Elle l'avait bien mérité.

Tous les matins, sa copine Madeleine, son aînée de trois ans, venait boire son café à la maison.

Elles étaient voisines et amies depuis quatre-vingt-huit ans. Elles se disputaient parfois, mais le lien qui existait entre elles était très touchant. La vie de ma mère était donc faite de ces petites habitudes. Une ou deux fois par semaine, Marie-Rose, ma marraine, lui rendait visite, prenait un café et la liste des courses à faire. Ma mère ne voulait pas sortir de chez elle, sauf quand j'étais là… En revanche, hors de question d'aller chez Super U, que tout le village la voie en fauteuil roulant ! Et puis monter et descendre de la voiture devenait un exercice douloureux et périlleux.

J'avais promis à mon père que je ferais en sorte que sa femme puisse rester à la maison jusqu'à « la fin »… Je sais qu'il se sentait redevable envers elle, tant elle avait fait pour lui. Jamais, au grand jamais, ma mère n'aurait pu concevoir l'éventualité d'une maison de retraite. On avait donc cette complicité secrète qui était, je l'avoue, très fatigante et très lourde pour moi à assumer au quotidien quand j'allais à Saint-Georges. J'effectuais des tâches en laissant croire qu'elle les avait faites et ça l'amusait beaucoup ; j'en retirais une grande satisfaction. J'honorais de fait le pacte passé avec mon père. J'ai toujours eu beaucoup de mal, au sens fort du terme, à comprendre que les gens pouvaient décider à la place de ma mère. De quel droit ? Je voulais qu'elle ait tous les pouvoirs sur sa vie.

Les séjours à Saint-Georges n'étaient pas de tout repos pour moi. Dès le réveil, tôt, car ma mère s'arrangeait pour faire du bruit pour que je sois réveillée, il fallait que j'aille faire les courses. La liste était prête depuis la veille et c'était à chaque fois des menus de fête qui étaient imaginés et donc prévus. Parce que c'était véritablement une fête pour Lucette. Quand je n'étais pas là, on s'appelait plusieurs fois par jour, tous les jours. Je participais ainsi de manière active à tous ces petits rituels. À 10 heures sur la route du travail, elle me demandait quel uniforme je portais et me répétait inlassablement « tu sais ton père disait toujours, elle est belle, ma fille ! ». C'est vrai que plus ça allait, plus elle se répétait, mais après tout ce n'était pas très grave. Elle était également très fière de ma fille qui occupait une partie de nos conversations : « Est-ce que Lillyrose a bien travaillé à l'école… Est-elle bien couverte aujourd'hui parce qu'il fait froid… ? On était très proches toutes les trois. On occupait nos longues soirées à côté de la cheminée à jouer aux petits chevaux, rituel immuable dont ma mère se serait parfois bien passée, mais je les adorais ces heures du soir avec ma mère et ma fille. Signe que la journée était finie. On reparlait de mon père qui ne savait pas jouer sans faire le clown pour le plus grand bonheur de ma fille. Il essayait toutes les méthodes de triche et disait que de toute façon le jeu c'était pour rire. C'est souvent moi qui insistais pour une dernière partie. Notre relation était belle, sincère et tranquille. Mais l'année 2020 a débuté et la vie a été bouleversée. Sur le papier 2020 était assez prometteuse. On y voyait une année d'équilibre, elle avait même l'air d'une bonne note, 20/20, et pourtant… Preuve qu'il faut se méfier des chiffres. Ce ne fut pas l'équilibre, mais un chaos. Un chaos mondial, planétaire. Ma mère a ouvert la marche…

Les fêtes de fin d'année furent assez réussies malgré le manque de mon père. Chez nous, on affectionne Noël, c'est comme ça, c'est joyeux, on dresse de belles tables, on rit, on partage, on se rassemble, on met des loupiottes partout. Ma mère adorait que je décore sa maison et il n'était jamais trop tôt ! Elle qui n'était pas d'une nature nostalgique, je voyais bien dans ses yeux qu'elle repensait à tous ces Noëls passés en famille. Chaque année, je me remémore les clowneries de mon père et chaque année il me manque toujours autant. Nous étions tous prêts à attaquer cette nouvelle année sans savoir encore que c'est l'année qui va nous attaquer… violemment.

Janvier arrive, avec l'anniversaire de Lulu, le 17. Je lui envoie un gigantesque bouquet de fleurs comme elle aime et comme chaque année, elle imagine me faire croire qu'elle est surprise de le recevoir. Cette fois-ci, elle était très joyeuse, le livreur était « rigolo » et comme le bouquet était vraiment grand et que le rigolo livreur était gentil, il l'a aidé à l'installer dans un grand vase. Ma mère lui avait même servi un café, et la journée de ma mère fut une réussite, car elle avait commencé dans la joie et la bonne humeur. Elle riait tellement au téléphone que j'avais presque du mal à la comprendre. Nous accordons beaucoup d'importance à nos anniversaires, dans la famille (mon père d'ailleurs, alors mal en point, avait prédit qu'il attendrait son prochain anniversaire avant de mourir et a tenu parole. Il est décédé le lendemain, jour précis de celui de mon frère. Un premier avril. Rien d'étonnant.)

Cette dernière semaine de janvier 2020 s'annonçait épuisante pour moi et bizarrement je l'appréhendais, je le sentais. Mon intuition… J'étais fatiguée des quelques jours passés à Saint-Georges à la maison, éreintée de m'être consacrée à ma mère, à ses envies et à sa joie. C'était de plus en plus difficile pour moi de la voir se déplacer en fauteuil roulant, elle qui avait tant bougé toute sa vie. Comme elle n'avait plus beaucoup de force dans les bras, elle avançait tout doucement avec ses pieds, par petits pas, et elle disait : « tu vois, j'y arrive ! » et pas question de la contredire ! Effectivement, elle y arrivait. Pas assez et pas assez vite aux yeux de certains membres de la famille qui ne trouvaient pas normal que je ne veuille pas lui faire entendre raison sur la nécessité d'avoir une femme de ménage et des plateaux-repas livrés par la mairie… Faire entendre raison à ma mère n'était pas chose facile. Et puis, après tout, même si la contrainte des courses était réelle, elle me semblait tout de même raisonnable au vu de tout ce que ma mère avait fait pour tout le monde dans la famille.

L'humeur de ma mère devenait très variable, et je m'étonne encore maintenant du fait que quasiment personne ne cherchait à comprendre… Ils ne saisissaient pas et ils s'en agaçaient ; je trouvais cela insupportable et tellement injuste. Ma mère était seule sans mon père et il lui manquait terriblement, alors parfois, pour ne pas afficher son chagrin, elle fermait sa porte pour pleurer tranquille. C'était sa façon d'être triste. Alors « on » y voyait un comportement inquiétant et ça me révoltait. Ma mère avait aussi le droit d'être triste et de se sentir seule chez elle ; oui, elle se cachait, elle s'isolait. Comme elle ne mâchait pas ses mots, elle n'avait aucun scrupule à dire « ah, ça suffit maintenant, laissez-moi »…

Ma fille était en classe de troisième et s'apprêtait à faire un stage en entreprise, Air France bien sûr. Ah oui, je travaille pour Air France, ce qui était une grande fierté pour mon père, un doux dingue des avions. Je souris, car à l'époque ma fille disait qu'elle voulait être commandant de bord. Même si elle comme moi savions que ce ne serait pas envisageable tant son aversion pour les chiffres et les maths se confirmait. Mais par convention, sûrement pour ne décevoir personne, elle continuait dans cette affirmation de choix de carrière. Bref, semaine de stage. Lillyrose connaît la joie de porter un tailleur et des talons, et je lui découvre un nouveau talent, celui de sourire de manière très pro. Bon, les chats ne font pas des chiens. Elle fut soulagée de voir arriver la journée que je lui avais organisée avec l'équipe du service audiovisuel. Pendant que ma fille passe une journée très joyeuse avec toute l'équipe, je reçois un appel de mon frère. Il rentre d'Italie en urgence où il vit avec sa femme depuis 2015 parce qu'on lui a dit que maman était désorientée, un peu confuse. Quand il est arrivé à Saint-Georges, il a trouvé notre mère au sol. François est épuisé par la route qu'il vient de faire et s'apprête à passer un des pires moments de sa vie. Il la relève, il a du mal, il comprend que les choses sont en train de basculer. Elle est transportée au CHU de Poitiers par les pompiers, consciente, mais comme perdue. Mon frère a été très choqué par ce moment. Il en parle encore avec tristesse et effroi. On a beau savoir que ça peut arriver, je crois qu'on n'est jamais préparé à ça.

Ma fille et moi prenons la route pour aller à Poitiers dès la fin de journée. Elle me raconte le tournage auquel elle a participé, me dit que tout était génial.

Direction l'hôpital. Ma mère n'a rien de cassé, mais quelque chose a changé. Elle n'est que colère. Je n'oublierai jamais son visage, son regard à notre arrivée dans cette chambre. Tantôt absent, tantôt triste, je vois en elle, pour la première fois de ma vie, de la peur. Tout le monde ne voit que de la colère et je pense être la seule à capter l'effroi.

Cette nouvelle expression la défigure totalement. Je ressens de tout mon cœur et dans tout mon corps que tout va changer et qu'elle va souffrir. S'il y a une chose que ma mère ne m'a pas apprise, c'est qu'on peut être forte en s'autorisant la peur. Manque d'autorisation qui a ponctué toute ma vie et toute la sienne, je suis en train d'en avoir la preuve. J'ai toujours cru bien faire en laissant croire, comme ma mère, que je n'étais jamais terrifiée. C'est une erreur, je le sais maintenant.

Ma mère en veut à la terre entière. Pourquoi est-elle enfermée dans cette chambre d'hôpital ? Comment faire pour s'en échapper ?...

C'est aussi la première fois que je vois dans ses yeux qu'elle me demande de l'aide. C'est très violent pour elle tout autant que pour moi. Je suis totalement désarmée. Elle en veut surtout à son médecin qui a ordonné son hospitalisation. Elle a d'ailleurs déclaré de manière assez solennelle que bientôt, il comprendrait à son tour ce que ça fait d'être enfermé à l'hôpital… Le lendemain de cette non joyeuse déclaration, je reçois un SMS de ma cousine qui m'informe que le médecin de ma mère vient d'être hospitalisé dans un état grave. Il a fait un AVC, il est dans le pavillon voisin de celui où est ma mère… Voilà… Quand je le lui ai confié, elle m'a répondu : « oui, je te l'avais dit »…

Très vite, François et moi sommes confrontés à la dure réalité de la fin de vie des personnes âgées qu'on dit dépendantes. On parle de fin de vie, mais c'est plutôt un sas qui les sépare de ce qu'a été leur vie de leur mort. Ce moment dont on ne connaît pas la durée et pour lequel pas grand-chose n'est prévu. L'horreur.

On dit aussi les personnes âgées en perte d'autonomie.

L'hôpital n'est pas là pour ça, c'est vrai, je le sais et je le comprends.

Quatre jours après l'arrivée de Lucette, le médecin nous assomme : « Votre mère ne peut pas rentrer chez elle, ses troubles cognitifs sont bien trop importants, elle se met constamment en danger. »

Nous voilà, mon frère et moi, dans les couloirs, perdus…

Le constat est violent : il n'y a pas grand monde dans cet hôpital, et on ne fait plus ce qu'on y faisait avant. Je ne découvre pas tout, mais je le vois « en vrai », je commence à prendre la mesure du problème.

Ce n'est que le début d'une errance en famille...

Que doit-on faire, comment et dans quel ordre ? Impossible d'obtenir des réponses. Bien sûr, j'envisage que ma mère vienne chez moi. J'en parle. Je pense à m'organiser, à remettre ma vie en question, à l'accueillir, mais on me répond que je ne comprends pas, que je ne me rends pas compte, que c'est irréalisable. Ma mère vient de passer dans la catégorie des gens dont on ne sait pas quoi faire. Quelle misère. Ce jour-là, on nous rassure : on ne va pas mettre votre maman dehors, mais... faites vite.

Faire vite ? Mais quoi ? Comment ? Où ?

C'est là que commence ce marathon de tristesse. Marathon chronométré... Trouver une structure. Structure est le mot que les gens choisissent quand ils ressentent de l'appréhension à utiliser le terme EHPAD.

Alors nous voilà, François et moi, à Saint-Georges, autour de la table de la cuisine chez lui, dans sa maison française, dos à la cheminée. Avec les mêmes questions en tête et prêts à faire quelque chose qu'on n'avait jamais envisagé auparavant : placer notre maman. On cherche ensemble des EHPAD sur Internet avec la sensation de ne pas avoir d'autre choix. Les gens ont tendance à dire « vous avez bien fait, c'est mieux pour tout le monde ». Je déteste cette phrase, même si elle est prononcée pour rassurer. Aucun de nous n'a envie de tout ça, mais nous sommes seuls. À l'hôpital, on nous a bien dit que c'était l'unique solution. Donc, on cherche sur Internet et on imprime une liste de résidences. On observe le papier sortir, on se regarde. On ne sait pas. Il va désormais falloir voir tous ces endroits et en choisir un. Prochaine étape. Mais on pense naïvement que ça fonctionne comme ça et pourtant il n'y a pas de place pour tout le monde.

Alors, il faut presque passer un entretien. Il faut démontrer que notre mère doit absolument être admise… À quand Parcoursup pour les personnes âgées ? J'ai vécu cela rongée par la culpabilité.

Liste en main, mon frère et moi partons visiter.

En entrant dans le premier EHPAD, dans le hall, nous tombons sur des dizaines de fauteuils roulants « garés » en épis, et formant comme une haie d'honneur, une haie d'horreur. C'était pire qu'un cimetière, comme une antichambre où attendre son emplacement… Ça me prend à la gorge. Rien ne bouge, mais tout est violence.

Rien n'est mis en place pour que l'endroit soit agréable, ça ressemble à un gymnase, c'est très laid, très froid, glaçant. Une femme nous reçoit dans son bureau. Rien n'est humain, ni elle, ni les lieux. Elle mâchouille un chewing-gum. Je la regarde en me demandant ce que je fais là, face à cette inconnue. Bon, je me dis qu'on est mal tombés, que ce n'est vraiment pas de chance pour une première visite. Je supplie mon frère de partir. Je remercie poliment la dame.

« Pardonnez-moi, madame, je n'aime pas cet endroit, il ne conviendra pas à ma mère. »

Je ne pense qu'à une chose : aller voir Lulu à l'hôpital, je l'imagine triste et malheureuse, c'est insupportable. Alors, on file vite. Dès notre arrivée, un médecin nous demande si on a trouvé « une solution ». Le « non » que j'ai prononcé ne ressemblait à aucun autre non.

Ce jour-là, j'ai fait connaissance avec une aide-soignante, celle qui comprend ma mère, celle qui, comme elle, a un caractère bien trempé. Elle était dans la chambre au moment où j'aidais Lucette à se rendre aux toilettes. Elle m'a raconté ses journées, ces liens qu'elle tisse et entretient avec la fin de vie, moment toujours difficile et douloureux. Je ne l'oublierai jamais. Elle s'appelle Dorothée. J'ai souvent pensé à elle et je pense encore à elle quand je me remémore ces moments où l'on prend conscience que sans l'implication et le dévouement de personnes comme elles, l'hôpital n'aurait plus rien d'humain. Dans cette chambre, je regardais ma mère et la culpabilité m'envahissait. Comme toujours, elle avait une confiance totale en moi et j'étais en train de la trahir, sans rien lui dire, sans lui demander son avis. Mais comment faire autrement face à quelqu'un qui se mure dans le silence et à des médecins qui nous conseillent vivement de la ménager en évitant des sujets graves ? Il fallait lui laisser du temps alors que nous on en manquait. J'étais en train de chercher une place, une chambre, un espace étranger où l'installer, un endroit où des inconnus allaient s'occuper d'elle. Je n'avais pas le choix. Je savais au fond de moi que cette trahison allait à la fois aider ma mère et lui coûter la vie. Je le savais. Je n'arrivais pas à me laisser envahir par le sentiment de tranquillité dont on me parlait sans cesse. Ce sera mieux pour tout le monde. Encore. Impossible de me ranger dans ce rang. Je n'étais que tristesse, peur. Comme ma mère. Encore et toujours, comme ma mère.

Ces jours d'errance à chercher une solution sont ponctués de moments de grande solitude d'enfants et de grandes fatigues d'adultes. On se retrouvait, mon frère et moi, dans des silences complètement dingues. Le premier café du matin servait à élaborer le planning de la journée. On s'assurait qu'il nous restait assez de brioche et de compote d'abricot pour maman. On avait l'impression de préparer un parloir, c'était comme aller voir un être aimé en prison tout en lui cachant que bientôt ce serait le couloir de la mort. J'ai tout oublié de nos déjeuners. Je me souviens que le soir, on rentrait, rincés. Je passais du temps à cuisiner, même si l'appétit n'était pas toujours au rendez-vous. Peut-être était-ce aussi une façon de me sentir utile, au moins je mettais un peu de chaleur sur la table. C'est ce que ma mère aurait fait. Et puis ça faisait plaisir à mon frère. Il fallait bien qu'on se serre les coudes.

Ma fille a beaucoup souffert à cette période, je le sais bien. Je le paierai plus tard... Bien sûr, elle ne se plaignait pas, elle faisait ce qui devait être fait... Et surtout, elle voulait voir sa grand-mère. Même si c'était à l'hôpital, même si son humeur était parfois rugueuse tant elle était en colère. Elle se murait de plus en plus dans le silence. Ma fille, exemplaire, dînait avec nous ou seule dans la grande chambre avec son ordinateur. Pour la première fois, je n'étais pas disponible pour elle. J'essayais malgré tout de m'assurer qu'elle ne vive pas trop mal cette situation. Cette expérience à 15 ans n'est pas facile.

Un soir, on a réussi à rire, à vivre un peu dans ce chaos où nous venions d'être plongés. Mon frère avait préparé un plat culte : les fameuses pommes de terre cuites dans leur habit de lumière d'aluminium, le tout agrémenté de lardons et d'un peu de crème. Se retrouver autour de la table à la chaleur de la cheminée était un moment indispensable. Ce soir-là, on a mis des pièces de 1 franc dans le juke-box du salon et on a écouté tous ces 45 tours de mon enfance, de mon adolescence, forcément. On a chanté et dansé jusqu'à l'épuisement. Mon frère a savouré cet instant, c'est un souvenir très émouvant. Cette petite parenthèse fut pour moi un moment de partage de ma peine, à ma façon je l'ai diluée un peu.

Le lendemain matin, il a fallu se replonger dans cette triste et violente réalité. Je me rendais compte que ce qui posait problème, au-delà de la santé de ma mère, c'était que je ne savais pas quoi faire… quoi faire d'elle… Quelle horrible interrogation ! Mon cœur se serrait tellement fort. J'ai en tête chaque minute qui passe, les mots de Lucette quand elle parlait de ces maisons de retraite où les enfants mettent leurs parents pour être tranquilles… La plus grande des souffrances pour elle serait de quitter son domicile… Elle se sentait à l'abri de tout ça, elle avait confiance en moi.

Pas le choix

J'ai eu tout de suite la sensation que dans notre pays, il y a peu de solutions proposées. Et que, très rapidement, l'aspect financier est mis sur la table. Comment ça marche ? Combien ça coûte d'être tranquille ? De cette tranquillité, sous cette forme, je n'en voulais pas. On ne pense pas assez aux anciens qui sont placés. Au fait que le remède qui s'impose ne leur conviendra pas. Il faut une structure adaptée et c'est tout. La vieillesse emmerde les gens. En envisageant de faire entrer ma mère en EHPAD, j'ai l'impression que sa vie défile devant mes yeux. On l'a tous connue comme une femme debout, forte, et on se demande maintenant ce qu'on va faire d'elle.

J'ai, à un moment, l'espoir qu'une assistante sociale pourra m'aider.

Mon frère et moi passons devant son bureau tous les jours en arrivant dans le bâtiment où ma mère est hospitalisée. On y va en se disant qu'on a franchi un cap, qu'on entrait dans la phase d'acceptation. On s'y rend une première fois, un matin, mais le bureau est fermé, on pense que peut-être l'assistante sociale n'est présente que l'après-midi. Non, l'après-midi non plus, il n'y a personne. Alors on demande, peut-être faut-il prendre rendez-vous. Non, non plus. La réponse qu'on nous donne est simple et glaçante : l'assistante sociale ? Mais il n'y en a plus. Enfin si, il y a bien un numéro de téléphone, en cas d'urgence…

Je prends encore un peu plus conscience à quel point tout se casse la gueule. Aider, renseigner les familles, les assister dans leurs démarches… Ça, c'était avant. Cette phrase, nous l'entendrons souvent. Il nous a fallu deux jours pour joindre quelqu'un, au numéro d'urgence. Et là… pour toute réponse, on nous demande notre adresse électronique afin que l'on puisse nous envoyer une liste d'EHPAD. La jeune femme nous précise qu'il faudra regarder sur Internet, car les numéros de téléphone de la liste qu'on va nous envoyer ont peut-être changé.

Je n'oublierai pas ce couloir, j'ai la sensation d'y avoir marché des centaines de kilomètres en plein vent, sous la pluie et dans le froid, un peu comme si on errait dans un bâtiment désaffecté, et qu'on pouvait voir des restes, des gravats d'abris, d'endroits qui avaient jadis existé, aujourd'hui démolis ou à l'abandon. Ils ont laissé quelques banquettes, çà et là, comme une preuve qu'il y a eu une vie avant.

La tristesse n'étant pas assez encombrante, nous allions aussi devoir jongler avec des fantômes, des bureaux vides, des couloirs déserts et des numéros d'urgence joignables une demi-journée par semaine, tout ça, dans l'espoir de recevoir une liste d'EHPAD, peut être mise à jour, mais pas sûre. Nous regarderons donc sur Internet. À Internet, s'ajoute l'avis des gens.

Là-bas, c'est très bien, la belle-mère de ma voisine y est, bla bla bla…

Nous allons ainsi appeler tous ces numéros et nous barrerons des lignes au fur et à mesure.

Les premières conversations durent moins d'une minute : je dis bonjour, j'explique un peu la situation, il me semble que c'est normal… on me coupe souvent la parole : « Madame, je vous arrête tout de suite, nous n'avons pas de place. » Je me souviens d'avoir demandé si on pouvait me recommander un autre EHPAD. Bien sûr que non.

Je ne savais pas encore qu'on s'apprêtait à plonger dans un monde de requins. Et les requins ne sont pas partageurs.

On finit par obtenir un rendez-vous à Neuville. Mon frère est assez satisfait du lieu, et moi je le déteste. Pardon pour ce sentiment, mais je n'aime pas cet endroit, je l'ai bien connu pendant une petite vingtaine d'années. Et puis, après tout, j'ai le droit d'aimer ou pas un lieu. François tente de me rassurer. Ce n'est pas loin de Saint-Georges, ce sera bien, la famille pourra aller la voir facilement et souvent. Neuville est une petite ville au milieu de nulle part, tout y est triste, gris, mouillé, froid et en plein vent. Alors, allons visiter cet EHPAD qui a des places. Je m'efforce de faire abstraction de mon appréhension pour l'endroit, la route qui y mène, le rond-point, le parking, tout. Mon frère arrive à être plus positif que moi. J'aimerais être un peu plus comme lui, ce jour-là en tout cas.

Je tente de me rassurer en me disant que je ne suis pas objective, que je suis bien trop inquiète pour l'être. Mais ce jour-là, rien ne peut me réchauffer. Alors, il faut laisser une chance aux heures, aux jours qui suivent.

Nous y voilà : Résidence Orpea Les Jardins de Charlotte, rue des Lilas, à Neuville-de-Poitou.

Nous sommes attendus. Un vrai comité d'accueil : trois personnes sont là, pour nous souhaiter la bienvenue, et je dois dire que j'ai pris cet instant de chaleur en essayant de l'associer à un peu de réconfort. Mon regard se pose donc sur ces trois personnes, un jeune homme, une femme, et un homme un peu plus vieux.

Rapidement, parce que mon fonctionnement fait que je ne peux pas voir sans analyser très vite les choses, je repère ce jeune homme qui a l'air tout à fait sympathique, une femme d'à peu près mon âge, pas très gracieuse (expression préférée de ma mère pour dire d'une femme qu'elle n'est pas belle) et un homme vraisemblablement à l'approche de la soixantaine, chemise un peu trop ouverte, chaîne dorée autour du cou... Là encore, je me dis que les circonstances laissent peu de place à des appréciations positives et je fais l'effort du sourire, de courtoisie certes, mais en tous points respectueux. Après tout, on s'en fiche, on ne leur demande pas d'avoir du goût. Le jeune homme qui a l'air sympathique est le nouveau secrétaire puisque la dame pas très gracieuse nous explique qu'elle était secrétaire de la directrice et qu'elle vient de passer sous-directrice. Il fallait le préciser, cela semblait important pour elle, je l'ai bien senti. C'est elle qui commence les présentations. Très vite, l'homme plus âgé prend le relais. Je vais faire en sorte de pouvoir comprendre les choses. Peut-être voulait-elle tout simplement nous rassurer. Peut-être, laissons planer ce doute. L'opération séduction est en marche, maladroite, mais en marche. L'homme plus âgé, au torse velu et à la chaîne dorée, se sent clairement en être le maillon fort. Et en plus, il est LE médecin coordinateur des Jardins de Charlotte. Alors, comment ne pas être désangoissés ? Après avoir bu un café offert par la maison, assez rapide quand même, seule la sous-directrice reste avec nous et nous explique qu'elle va nous faire visiter l'appartement qui semblait être bien pour ma mère. Lors de notre conversation téléphonique, j'avais bien sûr précisé que ma mère était en fauteuil roulant. Nous montons donc à l'étage par ce grand escalier, ornement principal du hall d'entrée. En chemin, nous croisons un jeune homme qui nous est présenté comme étant le kiné, car oui, il y a plein de services aux Jardins de Charlotte, il y a aussi un salon de coiffure, et je trouve ça chouette. Pour l'instant, on nous rassure : accueil prêt à nous recevoir, un médecin, un café, un salon de coiffure, un kiné, un bel escalier central. Nous arrivons devant la porte du « logement ». Les couloirs ressemblent à ceux d'un petit hôpital, ce qui, en soi, peut également apaiser. J'appréhende ce que je vais découvrir, une intuition. Je ne réussis toujours pas à me dire que nous cherchons une place pour ma mère. Mme F ouvre la porte et je l'entends presque dire « TADAM ! » Heureusement que ce n'est pas le cas. Je vois bien qu'elle ressent une sorte de méfiance à mon égard. En tout cas, elle saisit que je n'aime pas cette situation.

Ouverture de la porte et rond de jambe… le TADAM qui n'existe pas résonne dans ma tête.

Ah… Une chambre qui ne pourrait même pas être considérée comme une chambre par un agent immobilier, parce que trop petite. Dans cette pièce, il y a un lit, un petit fauteuil collé à la fenêtre, une table de nuit et c'est tout. C'est tout parce que rien de plus ne pourrait loger. Stupeur. Je pose sur Mme F un regard étonné et interrogateur. Je fais en sorte de n'exprimer que de la surprise. J'ouvre la bouche pour parler après probablement deux ou trois secondes, mais ce temps me paraît très long. J'ai ressenti la même chose qu'il y a des années quand je visitais des appartements à louer à Paris, quand les agents immobiliers me disaient que j'avais tellement de chance, que c'était formidable, même s'il s'agissait d'un appartement froid et humide, parfois sans fenêtre, où le coin cuisine se résumait à un robinet rouillé sur un évier pourri.

— Mais madame… il me semble vous avoir précisé que ma mère était en fauteuil roulant, il ne rentre même pas dans la chambre !

— Ah, mais vous m'avez dit que votre maman avait une petite retraite.

— Impossible que ma mère soit coincée, condamnée à rester dans un lit comme ça.

— On a bien un autre logement, mais c'est plus cher.

Comme les agents immobiliers. Attention, je n'ai rien contre les agents immobiliers parisiens, certains d'entre eux m'ont fait visiter de beaux endroits.

Je regarde mon frère, il est d'accord avec moi, mais il ne le manifeste pas de la même façon. Nous sortons de cette chambre et suivons la dame, qui se fait un peu moins loquace, j'ai bien conscience que j'ai légèrement gâché l'ambiance.

Nouveau couloir, nouvelle porte. Bien. Nous entrons dans un grand studio, je vois tout de suite qu'il y a un balcon et que là, ma mère aurait la place de bouger, la place d'avoir quelques-uns de ses meubles comme des repères. Ah oui, c'est plus cher. Je sais aussi, je le tiens de ma mère, que dans chaque opération de séduction, il y a une marge de négociation. Je tente.

« Bien, on va prendre celui-ci. »

Bien sûr que c'est mieux et bien sûr que je suis bien consciente d'être au cœur d'une opération séduction comme un rendez-vous arrangé, une sorte de mariage forcé. Très vite à la vue de la première chambre, je me suis dit, de manière intuitive, que nous représentions les clients rêvés pour cette microchambre qui ne trouverait pas facilement preneur et qu'il fallait absolument optimiser le taux d'occupation de l'établissement. À ce moment-là, je suis poussée par une sorte d'instinct, comme guidée par Lulu :

« OK, on va prendre ce logement et je vous demande d'étudier rapidement la possibilité de nous le facturer au prix du premier. S'il vous plaît. »

J'adopte un ton très affirmé qui ne semble laisser aucune place à une réponse négative… J'ai toujours maîtrisé ce ton qu'il faut parfois donner à sa voix, en cas d'urgence à convaincre, de doute à camoufler, de « je suis un peu perdue, mais vous ne le saurez jamais ».

J'étais effectivement perdue, mais ils ne le sauront jamais.

Je poursuis en regardant mon frère, il comprend ce que je suis en train de faire. On avance peut-être à l'aveugle, mais on avance en équipe. Je tourne vite les talons pour sortir, suivie par François et Mme F qui referme la porte derrière elle. Je marche devant, je connais le chemin. Arrivée en bas du grand escalier, je lui tends la main pour serrer la sienne et lui dis :

« Je vais vous écrire un e-mail que vous transmettrez à votre direction, dans lequel je vous demanderai s'il est possible d'avoir ce logement au prix du premier qui est horriblement cher pour une pièce trop petite pour être même une simple chambre. » Chose qui n'aurait pas fonctionné avec les agents immobiliers parisiens. Mais là, je tente.

Je sais à cet instant précis que nous nous apprêtons à faire quelque chose qui va changer la vie de tout le monde. Enfin, pas de tout le monde, juste la vie de mon frère, la mienne, mais et aussi et surtout la vie de ma mère. Je sens que mon sang et que l'air que je respire sont glacés.

Encore une fois, je tente de me raisonner.

Se raisonner face à tout ce qui résonne et qui sonne comme un glas.

Dans le hall, nous croisons le médecin, il semble parader, il sourit, il nous avait quand même dit en buvant le café que souvent on lui avait dit qu'il ressemblait à Alain Delon.

Mon frère et moi quittons le bâtiment, on traverse le parking, je ne saurais dire si on a parlé ou pas. Pas impossible que j'ai évoqué Alain Delon, enfin... Allain Dellon...

On se dépêche, il faut rentrer à Saint-Georges, vite manger pour vite aller voir ma mère à l'hôpital. On s'arrête chez Super U, il faut acheter une bonne brioche et de la compote d'abricot, petits plaisirs qui parfois arrivent à faire sourire Lulu.

Mon frère et moi sommes à table, ne sachant pas trop quoi penser, on est partagés, tiraillés, doit-on reparler de cette microchambre qui nous a été proposée ? Joli signe de l'attention portée au confort de ceux qu'ils appellent les résidents. On va apprendre petit à petit ce vocabulaire, le jargon EHPAD.

Doit-on espérer que la direction réponde favorablement à mon e-mail ?

En tout cas, ce jour-là, j'ai basculé dans une bien triste réalité, celle du commerce fait sur le dos déjà courbé de nos personnes âgées dépendantes.

Mon téléphone sonne, je reconnais le numéro. Mme F m'annonce que la direction a accepté de baisser le tarif journalier du deuxième logement. Je reçois dans la foulée un e-mail signé de ladite direction pour officialiser tout ça. Je me souviens de ce trouble ressenti. Nous avions réussi la négociation, mais devait-on en être contents, soulagés ?

C'est la confusion.

Ils sont en tout cas ravis d'accueillir notre mère…

Bien sûr qu'ils le sont…

Là encore, nous devons choisir de nous focaliser sur et seulement sur le fait qu'ils sont ravis d'accueillir Lulu…

Et j'ai toujours en tête cette route horrible avec le froid, le vent, la pluie, le rond-point, la chaîne dorée, et même ce grand escalier que mon frère et moi avons monté à contrecœur.

Mme F nous réclame une réponse ; je lui demande un instant, on a besoin de réfléchir. Mais à quoi bon ? Réfléchir à quoi ? Nous n'avions pas d'autre solution, on allait devoir dire oui.

On dit oui. On dit oui sans avoir l'impression de cogiter parce qu'à aucun moment nous n'avons le luxe de la réflexion.

Ce jour-là, on a été assez silencieux pendant le trajet qui nous menait à l'hôpital. Arrivés, nous avons savouré d'observer notre maman contente de manger un peu de brioche avec sa compote préférée.

On demande à voir le médecin afin de lui annoncer la nouvelle. Ils sont tellement débordés à l'hôpital, ils n'ont pas le choix non plus et ils signent les papiers en un temps record. À peine le temps de dire bonjour, merci, au revoir.

Eux non plus n'ont pas le choix, ils n'ont ni le temps ni les moyens d'ajouter un peu d'humanité dans de tels moments ; ils aimeraient, j'en suis sûre, sinon ils ne seraient pas là, dans ces couloirs déserts, ils n'auraient pas fait toutes ces années d'études ; ils sont là pour soigner, c'est vrai, mais ils ont choisi de soigner parce qu'ils portent tous cette volonté humaine, cette vocation. Le rendez-vous a duré dix minutes, tout au plus. François et moi sortons de cette salle de réunion, avec ce fichu papier à la main. C'est un certificat de non-retour à domicile qui stipule que notre maman est dorénavant en situation de dépendance avancée. On est revenus la voir après ça.

J'ai rarement ressenti quelque chose d'aussi triste.

Je venais de trahir ma mère.

Je venais d'accepter un deal avec Orpea.

On coche des cases, on signe

À Neuville, au moment de signer, on ne comprend pas tout et les explications qu'on nous donne ne nous éclairent pas beaucoup. Rien d'anormal, je pense. En revanche, il faut savoir faire des additions et vite, car on a du mal à avoir les montants exacts des factures. Il y a le loyer, bien sûr, mais s'ajoute un certain nombre de choses qu'on ne maîtrise pas, cette histoire de ticket modérateur, de GIR, de compléments, le pressing, le bip, la caution, etc. On verra. Pour nous rassurer, la sous-directrice nous dit qu'on peut quand même effectuer une demande d'aide au logement auprès de la CAF.

Ce soir-là, il a fallu que je rentre à Paris, Lilly-rose devait aller au collège. C'est compliqué pour elle aussi, je l'entraînais dans ces courses folles ; elle venait toujours voir sa grand-mère de bon cœur, et trouvait même parfois les mots qui nous manquaient pour faire sourire ma mère.

Elle a été à son tour un pilier, sans le vouloir, sans même que je le décide, je lui imposais ce rôle. Elle n'a jamais failli. Quelle pression pour elle, elle en prendra conscience plus tard. Sur le moment, elle a résisté et j'ai été impressionnée par son aptitude à faire semblant de bien vivre la situation. Elle s'est tenue à distance du drame tout en étant très présente à mes côtés.

Ma mère était épuisée par la vie, moi j'étais épuisée par cette période terrible et ma fille était spectatrice.

Ce soir-là, en rentrant de Neuville à Paris, je me console en la voyant contente de retrouver ses affaires, sa chambre, notre espace, son espace, notre chez nous. Nous étions toutes les deux à nouveau, mais jamais je ne me suis sentie aussi seule. Seule et loin.

Les Jardins de Charlotte nous pressent un peu pour connaître la date d'admission de ma mère. Mon frère est seul à Saint-Georges pour une semaine. On s'appelle sans arrêt, on se met d'accord sur les meubles qu'il va pouvoir emporter à Neuville. On voulait que tout soit prêt et bien installé pour son arrivée. Je n'allais pas pouvoir être là, ni pour l'aménagement ni pour son entrée dans son nouveau lieu de vie, et ça me terrorisait.

François a donc tout agencé. Il filmait tout au fur et à mesure et m'envoyait les vidéos. On se disait que tout irait bien sans savoir si on parviendrait à s'en convaincre.

Je vis des jours « absents », loin et seule. Terriblement seule. Je me préserve de ce que pensent les autres, et je réfléchis à ce que nous expérimentons en m'interrogeant : comment faire pour passer sans cette case EHPAD ? Pour que ma mère reste chez elle, il aurait fallu salarier trois ou quatre personnes à temps plein, pour qu'elle soit en sécurité H24. Ces établissements sont essentiels, la quasi-totalité des familles ne peut pas prodiguer à domicile les soins qui sont nécessaires à leurs aînés. Je me rassure aussi, je me dis qu'il y a les aides-soignantes, les infirmières, le médecin, le restaurant, le salon de coiffure, le kiné…

Je suis donc à Paris et je commence à faire le tri de tous ces ressentis. Je me calme en me disant que j'ai probablement été très dure dans mon analyse de ce que j'ai vu en arrivant aux Jardins de Charlotte ; que la secrétaire, qui est maintenant sous-directrice, a bien raison de le dire, après tout, elle est contente. Et même avec beaucoup de maladresse, elle a bien le droit de montrer l'importance qui est la sienne, qu'elle a très certainement besoin de cette reconnaissance.

Je décide donc d'arrêter de me focaliser sur ce côté mercantile.

Je n'ai pas le choix.

Dans une semaine, c'est le début des vacances scolaires et je vais de nouveau me rendre à Saint-Georges avec ma fille. Durant cette semaine, mon frère fait des allers-retours pour finaliser le choix et la position des meubles ; je lui dis, au fil de ma pensée, les petites choses importantes pour ma mère, son réveil, sa robe de chambre favorite, ses vêtements préférés, enfin tout ce qu'elle aime le plus, ces petites choses susceptibles de lui apporter un peu de réconfort quand elle aura le bourdon. Bien sûr, le portrait de mon père avec son sourire de fripouille avait déjà trouvé sa place sur un des murs de l'appartement 106 bis. Comme on nous l'avait demandé, on choisit aussi une jolie photo de ma mère pour mettre à côté de la sonnette, à côté de ce qui allait être sa nouvelle porte.

Le 25 février est la date à laquelle ma mère a effectué ce voyage qui l'a emmenée du CHU de Poitiers à Neuville, rue des Lilas, à la résidence des Jardins de Charlotte.

Je suis à Paris ce jour-là. Je tente de visualiser tout ça et dans mon esprit, ce trajet ressemble irrémédiablement à un convoi mortuaire. J'ai clairement eu cette vision-là.

Je suis sur le parking du supermarché où je fais mes courses habituellement quand mon frère m'appelle. Il fait froid et je tremble. Il y a du vent et j'ai mal à la tête. Mon frère a la pression d'être sur place et moi la pression de ne pas y être…

À l'hôpital, personne ne s'encombre avec les discours, ils n'ont même pas le temps pour les moments d'échange qui seraient pourtant nécessaires, y compris pour eux, les soignants. Donc, l'information qui avait été donnée à ma mère, c'est qu'elle devait se réjouir, car elle allait sortir de l'hôpital. Ils avaient insisté là-dessus, glissant rapidement que la destination était l'EHPAD. Mais, de toute façon, elle ne voulait rien savoir, ne voulait pas écouter, elle se murait dans le silence, de plus en plus. Et le silence de ma mère a toujours été terrible. Cette situation m'attristait, voir le personnel démuni, débordé, fatigué. J'ai réellement ressenti beaucoup de compassion à leur égard, de l'admiration.

Aux Jardins de Charlotte, tout allait être mieux, puisque les moyens sont là, l'argent, les locaux, le salon de coiffure, le restaurant, Allain Dellon en blouse blanche. On sait bien, on l'entend souvent, les hôpitaux n'ont pas assez de ressources. Là, dans un établissement comme celui d'Orpea, il y a de l'argent, donc il y aura les moyens.

Je me rassure avec ce que je peux, je me dis que le restaurant sera chouette :

« Quand vous viendrez rendre visite à votre maman, vous pourrez, en nous prévenant, déjeuner avec un menu spécial. »

Ma mère, tout comme moi, a toujours adoré aller au restaurant, alors je me raccroche à cette branche. Les branches sont bien secouées par la tempête, mais quand j'en attrape une, je m'y accroche. Je fais cet effort en installant une sorte de coupe-vent pour ne pas tomber.

L'EHPAD m'avait demandé de rédiger une courte présentation de Lulu, en quelques lignes, je m'y étais prêtée avec humour et sincérité. J'avais noté dans ce portrait qu'elle n'aime pas la crème en lien avec une anecdote qu'elle adorait raconter. Le jour de sa rencontre avec sa belle-famille, bien qu'elle ait informé mon père qu'elle détestait la crème, le buffet qui lui a été proposé était un étalage de petits fours… à la crème…

J'avais aussi rempli des documents qui servaient à enregistrer ce que ma mère aimait faire, manger, regarder à la télévision, ce qu'elle adorait lire. J'avais trouvé ça assez chouette et ça m'avait rassurée sur leur volonté de bien faire et de bien accueillir leurs nouveaux résidents. Rassurée sur ce qu'Orpea nous avait vendu. Une autre petite branche à laquelle me raccrocher.

Je me disais que le risque de chute existerait toujours, mais qu'avec les moyens qu'ils nous avaient décrits et qu'ils déclaraient être en mesure de déployer, j'aurais, au moins, la certitude que ma mère serait en sécurité. Sans pour autant lever la culpabilité que je ressentais, celle de l'abandonner.

Les mots d'Orpea nous avaient réconfortés.

Je regarde passer les minutes en imaginant ma mère sur cette route. Je me demande si elle pleure.

On aimerait savoir aussi s'il est préférable que mon frère soit présent à son arrivée à l'EHPAD pour l'accueillir, s'il vaut mieux qu'il soit à l'hôpital pour son départ, ou les deux. Départ, arrivée, on est complètement perdus. Une infirmière de l'hôpital nous conseille de la rejoindre qu'une heure ou deux après son arrivée là-bas. On s'interroge et on se dit qu'elle a sûrement raison, elle a l'habitude de ces situations. Nous allons donc suivre ses conseils. Et ça tombe bien parce que l'hôpital ne nous a pas appelés pour nous prévenir que notre maman était en chemin…

François prend la route, cette horrible route, et va la rejoindre, là où elle va dorénavant « vivre ».

Vivre et mourir.

À ce moment précis, je ressens presque physiquement la solitude de ma mère. Je sens aussi que François est bien seul, mais contrairement à moi, il arrive à lancer quelques blagues qui, je suis bien désolée de le dire, ne font rire que lui, mais je le comprends. On fait ce qu'on peut, chacun à notre manière. On a tous les deux la trouille. On est une équipe. On est soudés.

***

Il m'a fallu du temps pour me remettre au récit de la suite. Je ne veux pas raconter un fait divers, mais des souffrances avec lesquelles j'ai vécu la suite, et forcément je me pose la question de la légitimité de mon témoignage, de la pudeur, de la culpabilité.

Peu importe, je me poserai mille questions de toute façon, alors allons-y.

Et puis, comme souvent, je me demande ce que ferait ma mère, ce qu'elle me conseillerait. Elle me dirait : « Si tu as envie de le faire, fais-le. »

Je sais que je vais sûrement bricoler un peu, hésiter et douter. Pas grave. Pas grave si tous ces mots restent dans un dossier « maman » sur le bureau de mon ordinateur. Au moins, je l'aurai fait pour la meilleure des raisons : j'en avais envie et besoin.

On leur a confié Lucette

Est-ce que ma mère allait s'adapter ? Bien sûr que non. Comment s'adapter à une fin de vie qui est à l'opposé de sa vie vécue jusque-là ? Comment accepter d'être réduite à un état, à un constat, le constat qui vous balance en pleine tête qu'à la fin on ne vaut plus grand-chose, qu'on n'est pas considéré, qu'on devient juste un résident. Après avoir passé une vie dans l'action, la décision, c'est quand même très triste.

Certes, la fin n'est jamais joyeuse, alors le moins que l'on puisse faire ou espérer, c'est le respect.

Et ils n'allaient pas respecter Lulu…

Je savais que ça n'irait pas, ça ne pouvait pas aller, puisque ma mère quittait un hôpital plein de couloirs remplis de portes de bureaux fermés. Je sais qu'elle ne va croiser qu'une ou deux personnes, pas plus, il y a rarement plus de monde dans le couloir, les portes n'existent plus, donc les gens n'existent plus non plus. Dorothée, l'aide-soignante si gentille, me dira plus tard la tristesse de Lulu de partir, et sa peur aussi. Heureusement qu'il existe des personnes comme Dorothée. Je repense à mon père qui a fini ses jours sur cette terre à quelques centaines de mètres de là où est ma mère à l'hôpital, je repense aux médecins qui se sont occupés de lui, de nous aussi. Mais la situation était différente, on savait… On savait que c'était la fin. Le médecin qui l'a accompagné était extraordinaire, je ne l'oublierai jamais. Ma mère avait une profonde admiration et une grande reconnaissance pour lui. Quand on sait que vous allez mourir bientôt, l'humanité est acquise. Mais si vous n'en êtes pas encore là… vous ne méritez plus beaucoup de considération, vous ne méritez plus les égards de la vie et vous ne bénéficiez pas encore de ceux qu'on accorde à la fin de vie toute proche.

Ma mère va donc quitter cet hôpital toute seule.

L'EHPAD va appeler mon frère pour lui dire qu'elle est arrivée… Elle est arrivée comme ça, comme un colis déposé par un livreur. Nous qui avions tout minuté…

Nous avons commencé à comprendre que rien ne se passerait comme prévu.

« Tout va bien »

Je suis donc dans ma voiture, sur le parking du supermarché. Je me dis qu'entre midi et deux, ma mère va sauter un repas, je reste comme bloquée sur cette idée. François se prépare à aller voir notre maman à Neuville. En plus, il fait moche. Il me faut de longues minutes pour rentrer chez moi. Ma fille va revenir du collège, on va se mettre d'accord sur l'heure à laquelle on prendra la route dès qu'elle sera en week-end. J'ai consulté mon médecin, il m'a prescrit un arrêt maladie, je ne suis pas malade, j'aurais préféré… une ordonnance, un médicament et hop, guérie.

François me téléphone plusieurs fois, « je pars de Saint-Georges… je suis sur la route… je suis garé… je rentre… ».

Je suis posée sur le bout de mon canapé, paralysée par des sentiments assez violents. J'attends que mon frère me rappelle. Ah, mon téléphone sonne, je me dis à la fois « déjà » et « enfin »…

« Je ne suis pas resté longtemps… Maman ne m'a pas parlé, elle était dans le hall, avec d'autres personnes âgées en fauteuil, comme elle ne me disait rien, je suis parti ».

À l'accueil, on a expliqué à mon frère que c'était normal, que les personnes âgées avaient besoin d'un petit temps d'adaptation. On les croit ? Bien sûr qu'il va falloir un temps d'adaptation pour elle. Ma pauvre maman… Elle se retrouve au milieu de tout ce qu'elle a toujours détesté, entourée d'inconnus, sur un fauteuil roulant. J'ai commencé à ne pas aimer ce hall tant y imaginer ma mère m'était insupportable.

Alors, François m'appelle beaucoup et je l'appelle beaucoup, on se rassure comme on peut, je lui dis que « c'est cool, la secrétaire, pardon, la sous-directrice, m'a envoyé un formulaire de demande d'aide au logement, celui dont elle nous avait parlé lors de notre premier rendez-vous ». On apprendra plus tard que cette demande ne servirait à rien, car l'EHPAD étant une structure privée, aucune aide ne serait allouée. Stratégie de communication assez efficace, n'est-ce pas ?

Apprendre sur le tard et sur le tas. Orpea.

J'ai vécu chaque heure de cette journée en imaginant ce que faisait ma mère, ce qu'elle avait ou allait manger. J'attendais aussi que quelqu'un de l'EHPAD me contacte en fin de journée pour me dire… Vers 18 heures, je n'attends plus et j'appelle. Bien sûr, ma mère ne répond pas à son téléphone ; je me dis qu'elle ne peut pas, je ne suis pas surprise, alors je tente de joindre l'accueil. C'est une aide-soignante qui décroche, car, après 18 heures, il n'y a plus personne à l'accueil, donc « ça bascule » dans le bureau de l'infirmière, qui, comme elle est occupée, ne peut pas répondre. Impossible de savoir comment va ma mère. Personne pour nous le dire.

La soirée et la nuit furent très longues et je me faisais mille films catastrophe dans ma tête. Je demande qu'on me rappelle, j'attends, rien, personne ne me contactera ce premier soir de vie de ma mère au milieu d'inconnus.

Le lendemain matin, je reçois un SMS de Dorothée, l'aide-soignante de l'hôpital. Elle souhaite me dire à quel point elle était peinée et désolée de ne pas avoir pu être présente au moment du départ de ma mère ; elle aurait voulu la rassurer.

Bonsoir Anne, j'espère que tu vas bien. J'étais en salle de restauration hier pour le départ de ta maman, qui était d'ailleurs très triste de ne pas rentrer chez elle… Comment va-t-elle aujourd'hui ? A-t-elle accepté son nouveau chez-elle ? Je sais que ce n'est pas facile pour François et toi,

mais je sais que vous avez fait le bon choix... Donne-moi des nouvelles dès que possible. Embrasse Lulu pour moi. Dorothée.

J'ai été très touchée par ce SMS. Dorothée est si douce et effectue son travail pour les vraies bonnes raisons ; elle préparait son diplôme d'infirmière et je suis certaine qu'elle sera une infirmière extraordinaire, une vraie soignante. Je pense souvent à elle. J'espère qu'elle est heureuse et qu'elle va bien.

La tristesse de ma mère, personne d'autre ne l'a mentionnée et personne ne la mentionnera plus jamais. On nous parlera de contrariété. Je sais très bien qu'elle mettra un point d'honneur à ne jamais montrer le moindre signe de chagrin. Elle l'a camouflé toute sa vie en montrant plutôt de la colère. C'est bien plus facile, personne ne pose de questions, et comme Lulu avait un gros caractère, on la laissait tranquille. Soit ses coups de sang affichés amusaient un peu, soit ils agaçaient. Lulu avait parfois une sorte de virilité dans le ton.

Alors, bien sûr, les troubles cognitifs rendaient bien service à pas mal de monde, ils expliquaient tout et surtout ils justifiaient le fait que les médecins avaient quasi ordonné son « placement » dans une structure adaptée.

Une structure adaptée... Ma mère allait devoir faire semblant de s'adapter à sa structure adaptée. Parce que de toute façon, rien d'autre n'existe.

Et nous allions devoir assister au délabrement de la fin de sa vie, totalement impuissants, en étant témoins de ce que notre société fait de nos anciens.

Nous sommes devenus des témoins non assistés.

En France et dans d'autres pays d'Occident, on dit facilement « les vieux ». Les anciens, c'est quand même plus correct, selon moi. On comprend parfaitement que l'on parle de vieilles personnes, mais on y ajoute un peu de respect et de reconnaissance, comme en Asie, en Afrique, par exemple. Nous, ici, notre société semble ne plus avoir vraiment de temps à leur consacrer et c'est bien moche. Alors, on les « gare » en épis et on fait beaucoup, beaucoup, beaucoup d'argent sur leur dos.

Je repense à tous ces couloirs vides…

Je ne les oublierai jamais.

Je ne peux pas m'empêcher de m'interroger sur la place que l'on donne à ceux qui ne sont pas encore mourants. Dans les médias, le sujet de l'euthanasie revient souvent, on l'explore. Plus ou moins profondément, précautionneusement, avec de la pudeur, et nos politiques sont assez frileux. Mais on explore. On s'offusque, on se défend, on veut tous être bien-pensants. On devise des dernières volontés des malades, ceux qui sont condamnés, ceux qu'il faut écouter, respecter. On évoque leur dignité. C'est bien, cette dignité qui est au cœur des débats. Mais ça, c'est quand on connaît l'issue de la maladie, l'état du malade. Le tout avec un zest d'hypocrisie. Mon père a eu cette chance, celle d'être accompagné, bien qu'on n'ait pas parlé d'euthanasie, mais de sédation irréversible.

On l'a respecté parce qu'il était condamné.

Avec Lulu, nous allons donc découvrir le monde des EHPAD, l'envers de leurs décors. Car ce n'est presque que ça : on croit voir un arbre en regardant par la fenêtre, mais ce n'est pas certain qu'il y ait un arbre, peut être n'y a-t-il pas de fenêtre non plus, peut être s'agit-il d'une image posée là… pour faire croire. Quand même, avec l'argent qui rentre dans leurs caisses, ils pourraient mettre une vraie fenêtre, un vrai arbre.

Arrive le week-end, on se prépare, ma fille et moi, à aller à Saint-Georges. On va loger chez mon frère. Il nous attend et on ressent fort le besoin d'être ensemble pour faire face à tout ça. Tout ça, c'est aller voir ma mère. J'essaie de combattre cette affreuse sensation d'aller lui rendre visite en prison, qu'elle a été punie par des inconnus pour un crime qu'elle n'a pas commis, qu'elle va purger une peine tellement injuste. Je me raccroche aux branches d'un arbre, arbre que ma mère peut voir, je l'espère, de sa fenêtre. Ça ne marche pas très bien, mais je n'ai pas le choix. J'ai contribué à tout ça, en acceptant l'inacceptable, un peu comme si j'avais fait partie du jury qui avait condamné ma mère. Juré malgré moi. Sentence terrible.

En cette fin février 2020, je ne mesure pas encore à quel point je vais me heurter à des incohérences aussi incroyables que scandaleuses et tellement douloureuses. Mais tout va s'installer de manière assez insidieuse, progressive, un peu comme une maladie que l'on pense avoir, mais contre laquelle on ne fait rien, pas par peur, mais parce qu'on sait qu'il n'existe aucun traitement…

Cela fait donc quatre jours que ma mère a pris résidence aux Jardins de Charlotte, Orpea, Neuville. Ma fille et moi arrivons à Saint-Georges chez mon frère. On connaît le menu, le préféré de François : des pommes de terre cuites dans les braises de la cheminée de la cuisine et c'est parfait ! Je vais m'installer dos à l'âtre pour sentir la chaleur du feu, j'adore ça. On reproduit les mêmes scénarios, mais la situation évolue pour Lucette, en fond. On se retrouve autour de la table, François met la radio très fort, on rit, on est nerveux et tout ça nous tranquillise. Forcément, on parle du passé, de nos enfances qui ont été si différentes, de nos parents, de nos histoires d'amour assez rocambolesques. On passe donc une soirée un peu électrique, mais presque joyeuse. On est ensemble, et ça, c'est réconfortant. Juste avant d'aller se coucher, on se dit qu'on se lèvera tôt le lendemain : il faudra bien aller chez Super U, c'est un rituel immuable, chaque premier matin à Saint-Georges. J'ai toujours fait en sorte de mettre sur la table de ma mère toutes ces petites choses qu'elle aime manger, donc forcément, encore plus que d'habitude, je vais scanner chaque rayon du supermarché et choisir plein de produits susceptibles de lui faire plaisir. J'ai à nouveau l'impression de préparer une visite au parloir, mais dans une maison d'arrêt plus grande. Du type de celles où l'on mène les condamnés après avoir été jugés. Donc, c'est très tôt le lendemain matin que nous avons investi les allées du supermarché de Saint-Georges-lès-Baillargeaux. Je savais que nous y croiserions des gens du village qui allaient nous poser mille et une questions, pour avoir des nouvelles ou pour faire les curieux. Je déteste ça. Ça m'a toujours ennuyée de répondre à ce genre de curiosités, je trouve que les gens sont indiscrets. Ils voient que la maison de ma mère est fermée, ils souhaitent tout savoir. Bien sûr, ils sont au courant, tout le village sait que ma mère a été hospitalisée, mais ils en veulent plus. Tous me disent « … il fallait que ça arrive… ». Et je suis à deux doigts d'exploser à chaque fois. Mon frère est plus consensuel que moi et plus apte à parler à tout le monde. Je n'en ai ni l'envie ni le besoin. Et puis, tous ajoutent « ah, mais vous avez bien fait », j'ai envie de hurler : NON ON N'A PAS BIEN FAIT ! ON N'A PAS EU LE CHOIX ! Ne pas avoir le choix ne peut pas vouloir dire avoir bien fait. Bien sûr qu'on a fait de notre mieux, mais comment se dire qu'on a bien fait quand on n'a pas le choix. Enfin, on paie et enfin, on sort du magasin. Retour chez François, ouf ! Il voit bien que je suis énervée. On passe devant la maison de ma mère, je tourne la tête. Elle est sur la place, face à l'église, dans le bourg du village.

On téléphone à l'EHPAD pour prévenir de notre venue afin d'avoir un point sur la santé de notre maman, sur son adaptation à cette vie.

On déjeune sur le pouce, on est pressés, stressés. Clairement, on a la trouille.

Lillyrose choisit de rester chez mon frère, elle me dit qu'elle se repose et qu'on retournerait ensemble voir sa grand-mère plus tard, juste elle et moi. Bonne idée.

C'est parti pour ce trajet, sur cette route en plein vent. Il pleut des cordes, le froid est glacial. On ne fait pas les malins, comme on dit. François sait que quand je suis tendue, je ne communique pas trop, et il saisit que je ne suis pas non plus d'humeur à écouter des blagues comme on a pu le faire la veille au dîner. Alors, silence. Vent, pluie, ligne droite, champs vides.

Nous voilà donc devant ce portail, sur le point d'effectuer notre première visite à notre mère, chez Orpea.

Comme nous avions prévenu de notre venue, ma mère a été « remontée » « chez elle ». À l'accueil, nous croisons la sous-directrice et la directrice.

On nous rassure immédiatement, TOUT VA BIEN.

C'est le début de la valse des TOUT VA BIEN. Une vraie chanson de Dorothée. Tout va très bien, madame la marquise. Sans le « mais il faut que l'on vous dise, il s'agit d'un tout petit rien » enfin, pas encore. Ce sera pour bientôt.

Tout s'est extrêmement bien passé, notre mère dort très bien, elle mange très bien, elle communique très bien… Elle va très bien !

Je regarde François en pensant que je m'accorde à peu près trois secondes pour décider si je les crois ou pas. Le temps de prendre l'ascenseur et d'arriver au premier étage, je choisis de les croire, sans grande conviction, mais je tente d'accepter cette vérité qu'on me sert.

Toc toc toc, on ouvre la porte. Bonjour maman !

Ma mère est sur son fauteuil au milieu de la pièce, face au balcon. Son visage est différent, je n'y vois pas de colère, je n'y vois aucune expression que je connais. Elle est là, un peu éteinte, un peu sonnée, mais je me dis qu'on le serait à moins, elle est fatiguée.

Elle sort de l'hôpital, elle arrive ici où des inconnus lui assurent que c'est dorénavant chez elle. Je ne me dis pas que tout va bien, mais que c'est normal…

Je suis méfiante, mais je me raccroche au fait que c'est normal.

Les vrais doutes vont venir petit à petit.

Depuis ce jour, je ne verrai d'ailleurs plus jamais la colère sur son visage, dans ses yeux.

Ma mère, si forte, si drôle, si insolente, elle se retrouve là, absente. Je suis triste. Je vais bientôt être triste et inquiète. Puis triste, inquiète et en colère.

Sans le savoir, je commençais un processus de deuil. J'ai appris par la suite qu'on appelle ça un deuil blanc. Ma mère n'aurait plus jamais l'autorité qu'elle avait en tant que maman, elle ne râlerait plus si je passais trop de temps à faire les courses, elle ne s'inquiéterait plus pour moi… Elle ne pourrait plus rien dire et elle ne cherchera d'ailleurs plus à dire quoi que ce soit. On est loin de la résilience, on est en pleine soumission.

Je pose le grand sac qui contient une bouilloire toute neuve et plus légère, donc plus pratique pour que ma mère puisse faire sa Ricoré toute seule. Il y a aussi un long châle en cachemire acheté au Bon Marché pour les sorties dans le parc. Il y a bien sûr une grosse brioche, des gâteaux et une jolie boîte, de la crème hydratante, des gants de toilette tout doux, bref, des petites choses pour adoucir ces premiers jours de cette nouvelle vie.

Elle nous regarde, nous sourit, elle n'a pas trop envie de parler, alors je dégaine l'arme fatale : la Ricoré et la brioche. Et ça marche très bien, si bien que je me demande si ma mère a mangé depuis qu'elle est réveillée. Je m'interroge : mange-t-elle à sa faim ? Elle qui déteste la promiscuité et la compagnie quand elle n'est pas bien, elle ne doit pas se régaler au restaurant, entourée de tous ces inconnus. Je questionne, on me répond qu'il y a forcément un temps d'adaptation. OK, d'accord, je valide l'argument.

Les échanges sont brefs, je vois que ma mère a envie de pleurer, tout le monde fait un peu semblant et se concentre sur cette fichue brioche. J'allume la télévision, je sais qu'elle feint de la regarder, qu'elle se fiche clairement de ce qu'elle voit, jusqu'au moment où elle nous demande de la laisser. Elle veut se reposer. Elle ne peut plus retenir ses larmes, je le sens bien. Alors, on met nos manteaux. Je la prends dans mes bras, elle serre ma main et laisse couler quelques gouttes de chagrin. Mon cœur est brisé, mon frère n'est pas épargné par cette tristesse qui s'abat encore un peu plus sur nous.

Je crois qu'on est descendus dans le hall en silence, par l'escalier. À l'accueil, je demande à faire un point et la sous-directrice m'assure que TOUT VA BIEN, que s'il y avait le moindre problème, les infirmières nous préviendraient. On ajoute même que « Lulu est très joyeuse », qu'elle plaisante avec les aides-soignantes, qu'elle mange bien, qu'elle dort bien. Oui, tout va bien. Je n'y crois pas trop. Mais ai-je le choix ? D'un côté, j'ai un discours bien construit de plusieurs personnes qui s'accordent, et de l'autre ma mère qui est encore faible et qui, finalement, ne dit rien. J'ai ses larmes qui me transpercent, mais je ne peux pas les traduire, enfin pas à ce moment-là. Pas tout de suite.

Je crois qu'en sortant, nous sommes retournés chez Super U, on avait oublié d'acheter quelque chose pour le dîner. On a fait de drôles de courses, celles d'ados qui seraient restés seuls à la maison en l'absence des parents. Que des trucs à grignoter, une sorte d'apéritif dînatoire. Comme la veille, on a écouté de la musique, essayé de rire, partagés entre le soulagement de cette première visite qu'on appréhendait tant et le souvenir des larmes de ma mère quand on l'a laissée. On se répète qu'on a fait ce qu'il fallait…

Après dîner, je m'attaque à tous les papiers, et il y en a beaucoup. Je le fais, ça m'occupe. J'ai besoin de sentir que je peux être utile, que je sers à quelque chose. Je remplis donc tous les documents de l'EHPAD. Je coche les cases. Voulez-vous une prise en charge du linge ? Bah oui, allez hop, on coche la case du linge, on rajoute une ligne au contrat. J'essaie aussi de faire le tri des organismes à contacter pour une hypothétique demande d'aide financière. C'est fou, impossible de trouver des réponses claires… Je lis, je relis… Je fais des courriers… Je me pose sans arrêt la même question : comment font les gens qui n'ont pas d'enfant ? Ceux qui ne savent pas très bien lire ? Ceux qui sont vite perdus dans la paperasse ? Ceux qui perdent pied ? Je n'aurai jamais de réponse à cette question. Et surtout, comment font les personnes qui n'ont pas d'argent ?

Mon frère est retraité, certes, il est propriétaire de sa maison, mais il n'a pas quitté France Télécom avec un parachute doré. Quant à moi, j'élève seule ma fille et paie même les dettes fiscales que son père m'a laissées en plaquant tout pour aller s'installer à l'autre bout du monde. La retraite de ma mère est loin d'être suffisante pour acquitter les factures Orpea. Donc, financièrement, on peut qualifier la situation de compliquée. On a beau tourner le problème dans tous les sens, il va falloir vendre la maison de Lucette.

J'ajoute à la liste des choses à faire « contacter le notaire ».

Somnifère pour ma nuit.

Deuxième jour à Saint-Georges pour Lillyrose et moi. Je la laisse souvent seule, et même si elle aime l'être, se retrouver isolée à la campagne, à 15 ans, dans des circonstances dramatiques n'est pas facile. Je sais qu'elle fait face à tout ça en donnant le change, elle a cette capacité que toutes les femmes de la famille ont. Cet héritage aussi lourd que puissant, pouvoir affronter, sans se plaindre et avec beaucoup de courage, ce qui la submerge. Je la remercie sans arrêt et lui dis à quel point je suis fière d'elle, mais également et surtout qu'elle a le droit de s'effondrer. Ça l'agace beaucoup.

Covid et isolement

On entend parler de ce nouveau virus qui nous arrive de Chine. Le Coronavirus. En contact avec certains de mes collègues, j'apprends qu'Air France annule des vols pour l'Asie et on commence au sein de la compagnie à pressentir qu'un truc de dingue va se passer.

Effectivement, tous les journaux télévisés expliquent la situation. Ils annoncent que, contrairement au nuage de Tchernobyl, ce nouveau virus ne va pas s'arrêter aux frontières. En Chine, on construit des hôpitaux en une semaine tant le nombre de malades est élevé et tant leur état est grave. Le monde entier est sur ses gardes. On se dit que… heureusement que maman n'est plus à l'hôpital, qu'elle va être à l'abri aux Jardins de Charlotte.

Donc, François et moi reprenons cette route pour aller la voir. Ma fille est avec nous. Elle a cette force de caractère et de persuasion incroyable qui fait qu'elle est capable de faire en sorte que le chemin me paraisse un peu moins moche. Elle veut absolument me rassurer, c'est important pour elle. En descendant de la voiture, je préviens Lillyrose, sa grand-mère risque de ne pas être trop communicante. Elle me répond une sorte de « Pfff, mais non, ça va aller ! Ça va aller ! »

Elle restera finalement dans la voiture et j'irai voir ma mère seule avec mon frère.

On ne croise personne à notre arrivée. Lucette est, comme la veille, dans sa chambre, car j'avais averti de notre visite. On découvre les lieux pour la deuxième fois et je tente de me rassurer, ma fille me l'a dit : mamie va être bien ici…

Ma mère est heureuse de nous voir. Nous passons un moment assez joyeux. Une réelle bonne surprise pour moi, je revois le vrai sourire de ma mère et ça me procure tellement de plaisir. On prépare la traditionnelle Ricoré et on dégaine la jolie boîte de gâteaux, les fruits et autres gourmandises que ma fille et moi avons choisis pour elle. Elle est ravie ! Je profite de ce moment agréable pour parler à ma mère du fait qu'elle ne réponde pas au téléphone quand il sonne, elle me réplique qu'elle est souvent absente, car elle sort fréquemment en ville et ça la fait beaucoup rire. Je ne saurai jamais si elle disait cela pour nous faire marrer ou si elle se déconnectait de plus en plus de la réalité. Je la savais aussi tout à fait capable de masquer sa tristesse et son désarroi en blaguant. J'installe ensuite le nouveau téléphone que j'ai acheté, un grand truc avec de grosses touches qui me rappelle le jeu Simon de mon enfance. Nous ne sommes pas restés longtemps, je voyais bien que ma mère était fatiguée. Et on retrouve ma fille dans la voiture, elle aussi très joyeuse. Elle trouve les mots, les sourires qui rassurent, sans montrer le moindre signe de lassitude alors qu'elle s'ennuie profondément. Je n'aime pas faire ce constat. Nous allons déposer François chez lui à Saint-Georges et nous, on reprend la route pour Paris. Je vais laisser mon frère seul, tout comme ma mère, dans un lieu qui n'est pas son chez-elle, sans moi. Mais… elle n'y est pas isolée puisqu'il y a tout ce monde autour d'elle. Et puis, elle a bien compris le fonctionnement du nouveau téléphone. Je me souviens précisément à quel endroit sur la route je me trouvais quand je me suis dit que je pourrais l'appeler plus facilement.

Bon, ça va aller…

C'est désormais officiel, la santé du monde est menacée. La planète est en train de tomber malade, ce drôle de virus commence à faire des victimes que les autorités comptent chaque jour, son évolution est exponentielle et tout s'emballe. Très vite, la nouvelle tombe, les EHPAD ferment leurs portes. Il n'est plus possible de rendre visite aux résidents. Protection. Bien sûr, je comprends la décision, mais je me dis que purée, c'est la poisse. On ne va pas pouvoir accompagner notre maman dans l'adaptation à sa nouvelle vie. Que c'est dur. J'intègre que je vais rester chez moi, que ces allers-retours incessants dans la Vienne vont s'arrêter. Que je suis bloquée par quelque chose que je ne maîtrise pas, loin de Lulu qui a besoin de moi. Et moi d'elle.

S'ensuivent des heures à faire sonner le combiné de l'appartement 106. Sans qu'elle puisse répondre. Le rituel est le même chaque jour. Mon frère et moi essayons de l'appeler, plusieurs fois. Les rares occasions où elle décroche, on est tellement heureux, on frôle l'euphorie et on s'empresse de se prévenir : « Vite, appelle maman, elle est près du téléphone et vient de décrocher ! » Bien sûr, une fois sur deux, elle raccroche mal le combiné et, par conséquent, il sonne occupé pendant des heures. Alors on contacte l'accueil, ça les agace de plus en plus. « Pourriez-vous, s'il vous plaît, aller voir ma mère, son téléphone est mal raccroché… » Ah oui, ça les agaçait. Mais je mettais cela sur le compte de l'inquiétude grandissante face à ce nouveau virus dont tout le monde avait peur.

Tout le monde, sauf Francis Lalanne…

En tout cas, aux Jardins de Charlotte, ils sont nerveux et je peux le comprendre. En revanche, ils sont débordés… toutes les familles appellent. J'en parle à ma mère quand j'arrive à l'avoir ; clairement elle ne réalise pas, mais personne ne semble prendre vraiment conscience de ce qu'il est en train de se passer. J'ai parfois l'impression d'être au milieu d'un film de science-fiction, un film catastrophe.

Pendant ce temps-là, je dois continuer les papiers, les courriers. J'en fais la majeure partie depuis chez moi, je jongle avec le temps, les cours de danse de ma fille, le collège, et puis ma peine.

Ma peine que je surmonte pour faire ce qu'il y a à faire, pour avancer, mais vers où ?

Je prends contact avec un notaire pour qu'il m'explique… Nous allons devoir vendre la maison de notre mère. C'est un peu compliqué, mon frère et moi en sommes ce que l'on appelle les nus-propriétaires, Lucette en ayant l'usufruit de son vivant. Le notaire est très sympathique, il comprend la situation, il est compatissant, et même bienveillant. Il nous explique tout. Comme ma mère est « inapte à l'autonomie », il faut saisir le juge de la protection des personnes majeures…

« Bonjour madame, comment faire et qui dois-je joindre pour obtenir le formulaire qui va nous autoriser à vendre la maison de ma mère sans son consentement… » Quelle horreur ! Même si nous en étions nus-propriétaires, c'était toujours pour nous la maison de notre maman. Cette démarche a été très douloureuse pour moi. J'avais la sensation de manœuvrer derrière son dos.

Ma mère était sur le point d'être dessaisie de tout. La procédure est assez simple, enfin du point de vue administratif. Il ne m'a fallu que quelques jours pour rassembler les documents nécessaires à la constitution du dossier. Complet, je l'adresserai donc rapidement au juge de la protection des personnes majeures.

Les jours se suivent et se ressemblent. Avec quelques fantaisies quand même.

Les frontières se ferment les unes après les autres. Mon frère, qui vit en Italie, se retrouve coincé à Saint-Georges. Et là, tout va s'emballer…

Fermeture des écoles, des magasins, des lieux publics. Le gouvernement décide de ce qui est essentiel et de ce qui ne l'est pas. Incroyable. Tout est fou.

Les vols sont tous annulés, on doit remplir une attestation pour déclarer sur l'honneur qu'on sort pour aller faire des courses alimentaires, et ce, pendant une heure et pas plus. Il ne nous reste plus que cette liberté, aller acheter de quoi manger. J'ai rempli des attestations qui disaient que je sortais mon chien... Ma fille se retrouve, comme tous les écoliers, collégiens, lycéens, étudiants, à la maison, sans trop de consignes parce que tous pataugent tant cette situation est inédite.

À chaque balade de mon chien, on plonge dans le silence du dehors. Moi qui adore le calme, celui-ci était très étrange. Je me souviens même d'en avoir eu peur. Tous les soirs, à 20 heures, j'ouvre ma porte-fenêtre et je vais sur mon balcon ; oui, parce que, tous les soirs, à 20 heures, les Français, enfin non, pas que les Français, le monde entier ouvre ses fenêtres pour applaudir les soignants qui travaillent dans les hôpitaux. Les pauvres, ils tassent et entassent les malades et intubent à tour de bras. Ils sont au cœur de ce drame. Tous les soirs, le ministre de la Santé, Olivier Véran, fait un point presse qui est diffusé à la télévision.

Tant de malades, tant de morts, drôle de rituel. Partout sur la planète.

Pendant ce temps-là, rien n'a vraiment changé dans le quotidien de Lulu...

Il y a eu, un jour, une discussion téléphonique un peu musclée entre la sous-directrice et moi… Ce n'était que le début…

Mon frère me prévient d'un appel qu'il a reçu de l'EHPAD, ils voulaient savoir qui était le médecin traitant de Lucette. Mon frère ne comprend pas. On nous avait présenté celui de l'EHPAD. François me demande de régler ça. Donc j'appelle et on me dit que ma mère doit avoir un autre médecin au cas où elle tombe malade.

— Ah, mais alors le médecin qui nous a accueillis en grande pompe lors de notre visite ???

— Ah, mais non, il s'agit du médecin coordinateur.

— Ah ! donc si ma mère est malade, il n'intervient pas ? Si elle a de la température, il ne l'examinera pas ? Si elle chute ?...

— Ah non, il ne consulte pas les résidents, ne rédige pas non plus d'ordonnance, et s'il y a une chute, on téléphone aux pompiers ou au SAMU.

— Ah…

Alors, celle-là, elle est bien bonne.

À la question « Comment font les gens ? » vient s'en ajouter une nouvelle :

« À quoi sert le médecin coordinateur dans un EHPAD Orpea ? »

La seule réponse que j'ai obtenue est la suivante :

« Bah, il fait les plannings… »

Bien, allez, trouvons un docteur pour ma mère, le sien ayant arrêté ses activités puisque… hospitalisé. Cherchons à Neuville de préférence pour qu'il puisse venir la voir plus facilement.

Cette histoire de médecin qui ne s'occupe pas directement de la santé des résidents est une sacrée surprise pour nous.

Nous aurait-on survendu le concept de l'EHPAD ?

Petit à petit, je commence à ressentir de l'inquiétude, pas une inquiétude due à la Covid, mais au fonctionnement de l'EHPAD. Je tente de trouver des arguments rassurants et me remémore les discours d'accueil. J'avoue que ça marche de moins en moins. Mais à nouveau, je n'ai pas le choix et encore moins en pleine période de Covid. Quelle solution s'offrait à nous à ce moment-là ? Sortir Lucette d'où elle était ? On la pensait tout de même en sécurité… Et pour l'emmener où ? En pleine crise sanitaire… Alors, encore une fois, j'ai essayé de faire au mieux.

Après avoir regardé sur Internet, nous avons choisi un médecin pour Lucette.

Allez, Anne, on s'accroche aux branches !

Mon frère, coincé en France, va vider la maison de notre mère ; enfin, la maison de notre mère, de notre père, de mon enfance. Je me remémore ma frustration de ne pas être sur place et de ne pas pouvoir l'aider. J'aurais aimé pouvoir choisir avec un peu moins de précipitation les vêtements, les bibelots, prendre le temps de tout trier, de tout passer en revue, tous les moments de vie qui étaient dans cette maison. François était lancé… il a commencé seul avec beaucoup de courage, avec un empressement qui lui appartient et que je respecte totalement. Je suis différente face aux souvenirs. Pour lui, c'est plus simple, le passé c'est le passé et c'est comme ça. Il a tellement raison. En ce qui me concerne, c'est un peu plus compliqué et l'équilibre entre hier et aujourd'hui est beaucoup plus « mouvant ». Même si la vie m'apprend à me concentrer sur le présent, j'ai malgré tout besoin du passé pour avancer.

Donc, jour après jour, presque heure par heure, François m'informe du vide qui, petit à petit, prend possession de la maison qui avait été celle d'une enfance si heureuse pour moi. Il faut profiter de ce confinement pour faire ce qui peut et doit être fait. Je suis totalement impuissante, je ne peux ni aider mon frère ni rassurer ma mère dont je n'arrive pas à avoir de nouvelles. Enfin si, on nous dit et répète que tout va bien. Elle est seule dans ce chez-elle qui ne l'a jamais été et qui ne le sera jamais, je le sais.

Impuissante.

Mais Orpea nous le répète, tout va bien. Ne vous inquiétez pas, elle va très bien, elle n'est pas forcément à côté de son téléphone, c'est pour ça qu'elle ne répond pas. TOUT VA BIEN...

À ma manière, je me confine dans mes pensées aussi. Mon corps se repose, je dors beaucoup, je suis épuisée. Je suis à la maison avec ma fille, le collège est fermé, les ados ne savent plus trop s'ils doivent être contents ou flipper de ne plus aller en cours. Personne ne sait plus rien, tout est flou, tout est vide, tout est silence.

Bizarrement, je ne vis pas mal cet isolement, plus de liens sociaux, plus de masques à porter, je suis chez moi, dans mon univers, ma cabane, mon refuge.

Mais je ne peux pas avoir de nouvelles de Lucette, impossible de lui parler, elle ne peut répondre qu'une fois sur dix quand on l'appelle. Alors, je contacte l'accueil... je les embête. Je leur demande s'ils vont mettre en application leur projet d'aider les « résidents » à joindre leur famille. « Mais bien sûr, madame Peignelin, on va le faire, mais surtout hein, ne vous inquiétez pas, tout va bien, si on constate que ça ne va pas, on vous appellera ».

Si on constate que ça ne va pas, on vous appellera…

Mon frère : « Anne, tes cahiers de CP, tu les gardes ou je balance tout à la benne ? Ton mange-disque orange ? Ta collection de OK magazines ? Tes vieilles Converses ? Tes cours de fac ?

J'imagine à quel point une petite structure comme Les Jardins de Charlotte a dû se sentir dépassée par les événements… Je n'ai jamais oublié leur volonté de protéger toutes les personnes âgées qui étaient sous leur toit ; bien sûr qu'ils ne voulaient pas de drame, je reconnais et salue leur sincérité. Enfin, la sincérité de ceux qui s'impliquent sur place. À la direction nationale, ils devaient plus être inquiets sur leur futur taux d'occupation au cas où les choses tournent mal.

Ma fille avait bien raison : comment aurait-on fait si mamie avait été seule chez elle pendant le confinement ? Parfois, je me disais aussi que son quotidien n'aurait pas tellement changé puisqu'elle ne sortait plus. Donc ce sentiment d'être rassurée m'arrivait avec un arrière-goût d'égoïsme et de trahison. C'était réconfortant pour moi, c'est tout.

Je continuais chaque jour d'appeler l'EHPAD. C'était assez pénible pour eux, je le conçois, mais les papis et les mamies étaient tous enfermés dans leur chambre, ils y prenaient leur repas seuls. Le personnel n'avait du coup plus à gérer les allées et venues au réfectoire, les retours en chambre… Bref, la charge de travail était bien différente. Oui, effectivement, il fallait répondre aux familles. Normal, non ?

Je me souviens d'une conversation fort déplaisante avec une infirmière qui a été absolument odieuse avec moi. La dame était énervée parce que j'avais « déjà eu des nouvelles la veille et que maintenant ça suffisait ». J'ai osé être plus que désagréable. Ce jour-là, j'ai assumé de ne pas avoir de respect pour tout le monde. Cette dame est maintenant à la retraite, dommage qu'elle n'ait pas été un peu plus vieille, elle aurait cessé son activité plus tôt et ma mère n'aurait pas eu à croiser son chemin ni à entendre sa voix. Quand j'ai appelé la direction pour parler de cet échange téléphonique à la limite de l'impolitesse, on m'avait dit : « Ah oui, on voit très bien qui est cette personne… » Et donc ?

Là, je commence à être très agacée. Inquiète et agacée. Comment est-il possible d'imaginer que cette femme si peu aimable puisse s'occuper de ma maman ? Se soucie-t-elle de savoir si elle mange, si elle dort, si elle est bien ? Mes doutes s'accentuent. Mon état d'esprit change et j'ai de plus en plus de mal à me rassurer.

Dorothée, douce et jolie Dorothée, où es-tu ?

Je suis à la recherche d'un moyen pour avoir des nouvelles de ma mère sans trop déranger. C'est fou, essayer de ne pas déranger… C'est devenu officiel, les appels des familles importunent. Bien sûr, je ne trouve aucune solution. Alors, je continue d'insister. Pas grave… je pense à ma maman, enfermée dans sa chambre sans avoir le droit d'en sortir, mon Dieu que c'est douloureux.

Orpea communique sur cette actualité sanitaire et affirme que tout est mis en œuvre pour que le lien avec les proches ne soit pas coupé. Est mis en place un petit agenda de créneaux Skype. Ainsi, une fois le rendez-vous pris, un des membres du personnel se rendra en chambre le temps des cinq minutes de visio Skype. L'EHPAD a un gros équipement : un iPad pour tout l'établissement. Et comme le Wi-Fi est naze, pardon pour les mots, ces séances furent des échecs. Mais comment est-ce-possible ? Un Wi-Fi foireux, un seul iPad ? Difficile pour le jeune secrétaire, pourtant très volontaire, de bien accomplir cette mission. Le pauvre garçon faisait de son mieux avec le peu de moyens qu'il avait. J'ai innocemment demandé s'il était prévu d'améliorer le Wi-Fi, on m'a répondu que « ça marchait bien, mais pas partout »… Donc, selon où se faisait la connexion avec ce vieil iPad, on avait de la chance, ou pas. D., le jeune secrétaire, était une des rares personnes qui me rassurait quand il répondait au téléphone, il prenait le temps de me dire autre chose que « tout va bien ». Lui, au moins, comprenait l'importance de ces appels qui, certes, embêtaient, mais qui étaient tellement nécessaires. J'ai aussi vite su qu'il ne resterait pas à ce poste. Il récupérait tout ce que la direction ne voulait ou ne pouvait pas faire. Et il le faisait de bon cœur, un peu désabusé parfois de constater que la crise du coronavirus était très mal gérée sur le plan humain.

Le turn-over du personnel qui est en contact avec les résidents est tel qu'il est vraiment difficile d'avoir des nouvelles. Très souvent, on me dit : « Qui ça ? Mme Peignelin ? Ah, je ne sais pas, je ne la connais pas, je suis nouvelle… » À la limite du Kafkaien.

On est passés de la structure familiale qu'on nous a vendue à une entreprise du CAC 40 avec 5 000 employés… « Comment ça, vous ne connaissez pas les gens ? S'il vous plaît, rappelez-moi quand vous aurez un instant et donnez-moi des nouvelles de ma mère ! » S'il vous plaît…

C'est le début de ma colère envers la résidence, elle monte, petit à petit et elle ne redescendra jamais.

François et moi essayions d'appeler dans la chambre à l'heure que nous imaginions être celle de la douche, on se disait que ça permettrait à la personne en charge de ma mère à ce moment-là de lui passer le téléphone.

Oui, à cette époque, nous pensions que la douche était quotidienne. Ce n'était pas le cas, pas même une simple toilette, ce que nous avons constaté et su par la suite. Quelle tristesse, quand on y songe… Donc, de temps en temps, et c'était très rare, on nous répondait… pour nous dire d'essayer plus tard. Ce que je peux comprendre, le temps est compté pour le personnel… Je ne réalisais pas encore à quel point. Plusieurs fois, on m'a répondu : « Ah, je ne sais pas trop, je ne la connais pas, donc je ne sais pas si elle va bien ou pas, appelez l'accueil ou les infirmières. »

J'imaginais cette infirmière odieuse en train de cocher des cases ou de remplir des tableaux avec le médecin coordinateur… Je visualise toujours la scène. Et ma mère dans tout ça… seule.

Mais, après tout, ça allait sûrement bien puisque personne ne nous contactait. Alors, rendons-nous à l'évidence : dans le doute, tout va bien.

Et François de poursuivre la mission de vider la maison. Il me rend compte de l'avancée de l'entreprise tous les jours. Tout ça est très violent pour moi. Je me répète sans cesse que nous n'avons pas le choix, cette phrase que j'essaie de greffer dans ma tête. Tant que mes parents étaient là, j'avais le choix de garder ou de jeter… si je voulais conserver mes vieilles Converse, mon vieux casque de moto, je pouvais. Là, fini, plus le choix.

Arrive le mois d'avril, on prolonge le confinement. Le 13 mai, le Président annonce un mois supplémentaire. C'est sans surprise, et puis, de toute façon, on est prêts à tout entendre tant tout ce qui se passe est dingue. Alors OK, on reste confinés, et on continue sur le même rythme. Je croise les doigts à chaque fois que j'appelle l'EHPAD pour que ce soit D. qui décroche. Ce n'est malheureusement pas toujours le cas, mais le discours reste aussi rassurant. Lulu dort bien, mange bien, va bien. On attend le mois de mai avec un fébrile espoir de retrouver la liberté. Début mai, le Président annonce un plan de déconfinement. On patiente…

Nous recevons un e-mail de l'EHPAD, qui nous explique que, malgré tout, et pour la sécurité des résidents, les visites ne seront toujours pas autorisées, même en cas de déconfinement. On me propose au téléphone de venir à Neuville et de mettre ma mère sur le balcon pour que je puisse la voir depuis le parking… distant d'une centaine de mètres de la résidence.

Non merci, non merci, madame… Si c'est pour à peine l'apercevoir, imaginer que cette femme au loin est ma mère, la voir sans la voir…

De notre côté, on déconfine le pays petit à petit. Je comprends toutes les précautions qui sont maintenues dans les EHPAD. Cependant, j'ai de plus en plus de difficultés avec Orpea qui, décidément, communique de plus en plus mal. Une application avait été mise en place : Orpea Family. Génial ! On pourrait y consulter les menus, les activités, les nouvelles, voir des photos et en envoyer. Ça, c'est une bonne chose. Je crée immédiatement mon profil, et hop, j'adresse quelques mots à ma mère, ainsi qu'une photo. J'avais appelé à la suite de cette formidable nouvelle et on nous avait dit que tout serait imprimé et porté en chambre. Eh bien… NON… Ça aussi, c'est un échec, soit ça ne marche pas, soit rien n'est alimenté, soit, et ça c'est tout le temps, les messages ne sont pas lus et, par conséquent, encore moins transmis. Forcément. C'est un autre espoir de lien rompu. Une carotte, mais rien de concret.

De la même façon, on nous avait dit qu'au moins une fois par semaine, grâce à une organisation qui était en train d'être pensée, seraient mis en place des jours avec des appels téléphoniques. Alors ça, c'est très chouette, parce que faire appeler les personnes âgées avec leur téléphone est une très bonne idée d'exercice, et ça va faire plaisir à tout le monde. Donc j'accueille cette autre nouvelle avec beaucoup de joie. Petit feu d'artifice dans ma tête.

Il n'y aura qu'un seul feu d'artifice, car rien de tout cela n'a été mis en place. Quel dommage… Quelle tristesse… Quelle colère…

Décidément, pas grand-chose ne va.

Toutes ces paroles dans le vent me reviendront après, évidemment. Sur l'instant, je ne sais qu'une chose, c'est que, malgré les TOUT VA BIEN, pas grand-chose ne va…

Et plus tard, je dirai : quelle honte… quel scandale…

S'ensuivent de petites périodes de flou pas très artistique, pour mettre au point ce déconfinement tant attendu. Il me semble qu'on a eu le droit de sortir une heure, puis à dix kilomètres, bref, la liberté, mais pas trop. On ne comprend plus grand-chose, le mot d'ordre, en gros, est « ça dépend ». Ça dépend de la région, de qui, des circonstances. Rien n'est très clair.

L'EHPAD sait que je suis sur les starting-blocks pour venir. Alors, nous allons dépasser allègrement les dix kilomètres autorisés, mais je peux affirmer qu'un moment avec Lucette, seule depuis trop longtemps, revêt toutes les caractéristiques du vrai motif impérieux.

Tests PCR validés, ma fille et moi allons bientôt pouvoir reprendre la route.

Arrive ce moment tellement attendu, et donc tellement émouvant, où je reçois cet e-mail qui prévient que les visites seront possibles à partir de début juin.

Je me jette sur mon téléphone pour caler un rendez-vous. Les rencontres vont être permises, mais uniquement dans les espaces extérieurs, ou bien par une fenêtre au rez-de-chaussée. Pas de problème !

Nous partons aussitôt faire du shopping pour mamie. Des chocolats, des gâteaux, des vêtements, et plein de bricoles qui vont lui plaire.

Le 3 juin, on prend la route pour Saint-Georges. Quel bonheur, quelle émotion… Ce premier trajet sera fou, nous serons parfois seules sur cette autoroute, pendant des kilomètres. J'ai accueilli cette solitude autoroutière comme un vrai moment de plaisir. Tout était joie, ce jour-là.

Nous voilà chez François, il savoure l'instant lui aussi ; sa maison reprend vie, après y avoir passé des mois seul. Ce dîner du 3 juin fut très joyeux. Partie de cache-cache avec Tyson, mon chien, dans le jardin, passage en revue obligatoire des mobylettes que mon frère a chinées ici et là pour les vendre à des copains en Italie, et ça, ça nous fait toujours rire.

Forcément, le lendemain matin, on se réveille tôt, heureux d'être le 4 juin !

Je vais enfin voir ma mère qui, paraît-il, va très bien. Comme le nombre de personnes autorisées pour les visites est limité à deux, j'irai donc seule avec ma fille.

Bon, la route reste aussi moche, même si les arbres ont des feuilles et qu'il fait beau. Mais rien à faire, je la déteste.

J'ai garé la voiture là où je l'ai garée à chaque fois, et là où je continuerais à la garer.

Il est 11 heures et nous avons le droit de voir ma mère pendant trente minutes maximum. On nous installe sur la terrasse de la résidence, devant une fenêtre ouverte. Une dame que je ne connaissais pas nous annonce qu'elle va aller chercher Lucette. Il ne manquait plus qu'une musique très solennelle pour l'arrivée de la Reine Mère. J'ai les yeux rivés sur la porte que j'aperçois dans le fond de la pièce. Lulu approche, elle porte une de ses robes préférées et elle est bien coiffée, et je pense que c'est très chouette que quelqu'un ait eu ces petites attentions. Elle n'a pas le sourire quand elle entre dans cette pièce qui donne sur le jardin où nous l'attendons, je vois bien qu'elle ne comprend pas bien ce qu'elle y fait. Mais, rapidement, son visage s'illumine et ses yeux… quelle récompense ! Elle nous dit et répète à quel point elle est heureuse de nous voir. Je suis intimidée par le moment. Je suis à une fenêtre ouverte d'elle. Ma mère est ravie de déballer tous les paquets que nous lui avons apportés. Mentions spéciales pour les chocolats et les gâteaux, elle nous dit en plaisantant que si elle ne mange pas bien pour le déjeuner, elle saura pourquoi.

C'est drôle, ma mère se comporte exactement comme je m'y attendais. Elle ne fait pas allusion au temps passé seule, loin de nous. Elle n'évoque pas la Covid. Elle ne raconte rien de ce qu'elle a vécu pendant cette séparation de laquelle elle ne parle même pas. Elle agit comme si on l'avait quittée la veille, comme si tout ça, tout ce temps perdu, n'avait pas existé. Il est impossible de déterminer si elle fait semblant d'être bien ou si ses troubles font qu'elle ne se rend pas compte du tout. C'est sûrement un mélange des deux. Je vois dans ses yeux quand elle est là, avec nous, j'arrive à détecter cette petite pointe de tristesse qu'elle parvient parfaitement à masquer. Peu de gens savaient la repérer. Mais là, je dois bien avouer qu'elle fait fort, je ne suis pas certaine d'avoir tout bien lu. J'ai aperçu ses larmes qu'elle a vite essuyées, elle a même dû se dire que je n'avais rien remarqué. On n'a qu'une demi-heure, c'est court, profitons, un œil sur la montre. Je n'arrête pas de la regarder. Et la dame vient la chercher. Il faut aller manger. Je préviens l'aide-soignante, on a pas mal grignoté et ma mère ne va, par conséquent, pas avoir très faim. Lulu ajoute une phrase du genre : « oui, il faut le dire, sinon je vais me faire engueuler par les filles là-bas »… Elle a parfois le verbe haut, comme on dit. Mais c'est une réaction on ne peut plus normale quand on se fait gronder comme une enfant parce qu'on a osé grignoter et qu'on risque de moins manger à table.

Alors, nous voilà dans la voiture, ma fille et moi :

— Elle est bien, mamie !

— Oui, chérie, tu as raison, elle est bien, mamie.

Je sais bien que ce « elle est bien, mamie » est plein de nuances et de sous-entendus, et que ma fille ressent le besoin de me rassurer. Oui, elle est bien, elle n'est pas en colère, elle est bien coiffée, elle était heureuse de nous voir.

Pleines d'émotions diverses, nous revenons à Saint-Georges pour déjeuner avec mon frère. Le repas fut joyeux pour tous les trois. J'étais contente de le voir soulagé, mais pas tout à fait sereine dans ma tête. Tout devenait très réel, je venais de voir de mes propres yeux que ma mère était là-bas, chez eux et pas chez elle.

Chez eux et pas chez elle.

On avait obtenu, à l'arrache, un autre rendez-vous pour le 7, trois jours plus tard. En attendant, j'allais avoir du temps pour aider mon frère à finaliser les derniers tris des affaires de la maison. Ce fut très douloureux pour moi, surtout après avoir vu ma mère juste avant. Je devais aussi continuer à régler l'assurance, la banque, et tous ces papiers qui officialisaient que dorénavant je signais tout pour Lucette.

Tout à coup, je retombe sur ma robe de mariée. Je ne me dis pas « ah, tiens, ma robe de mariée », mais « c'est ma mère qui a cousu tous ces mètres de tissu… ». Je me mets à tout voir avec ses yeux. Je me perds un peu. Je l'enfile, ma fille prend des photos et on en envoie une ou deux à mon ex-mari, Brendan. Il me répond immédiatement. J'aime beaucoup Brendan ; il adore ma mère, enfin mes parents. Il avait avec Lulu une vraie belle relation. Il l'agaçait parfois et elle ne manquait pas de lui dire, ça le faisait rire et elle aussi. Après notre divorce, il était tellement bien à Saint-Georges qu'on a tous cru qu'il allait y rester, une sorte de Tanguy par alliance. J'aurai toujours une tendresse particulière pour lui, même si je le trouve insupportable. Brendan est vraiment quelqu'un de bien, mais à chaque fois que je le revois, je sais très vite pourquoi j'ai demandé le divorce. Je me souviens de lui, à table, avec mes parents, ils parlaient beaucoup ensemble, et pas la même langue, mais le plus drôle, c'est qu'ils se comprenaient. Tous les jours, ma mère lui faisait poser sa guitare et l'invitait à s'asseoir. Elle lui intimait de lire un petit article dans *La Nouvelle République*, le journal local. Il a beaucoup appris avec elle. Il aime dire que c'est ma mère qui lui a enseigné le français en trois mois. Ce n'est ni faux ni exagéré.

Brendan appelait Lucette « maman » ou Lulu.

Je redoutais toujours autant d'aller chez Super U. Je retarde le moment le plus possible, pas envie. Mon frère et moi nous rendons à la pharmacie, j'ai une ordonnance, des cachets pour dormir. Il m'accompagne, car c'est sur le chemin. En sortant de la pharmacie, un petit moineau passe devant moi et entre dans le hall de l'agence du Crédit Agricole, juste à côté… C'est décidé, nous allons à la banque faire un point avec mon conseiller. Je l'aime bien, il m'a beaucoup soutenue et aidée dans les moments difficiles. Très vite, on parle de ma mère, de la maison, il nous dit que, quand on sera prêts, il pourra nous mettre en contact avec « les filles de l'agence », un peu plus haut dans la rue, à côté de chez mon frère. Parce que oui, à Saint-Georges, rien n'est loin, tout est central. Ce point à la banque que je redoutais tant se transforme en un moment où je reçois un vrai réconfort, allez savoir pourquoi. Le petit moineau, sûrement. Ce jour-là, je sais que c'est mon père qui m'a guidée.

On rentre chez François et on décide de prendre contact avec les filles de l'agence. Nous ne pouvons pas vendre pour l'instant, mais peut-être pourraient-elles nous donner une estimation de la maison. Nous les verrons le lendemain. On se dit que les choses s'enchaînent avec une étonnante facilité. Je ne peux pas m'empêcher de penser que mon père est derrière tout ça.

Arrive la date du 7 juin, jour du deuxième rendez-vous avec ma mère. J'y retourne avec ma fille, François ayant décidé de nous laisser y aller, étant donné que sur place, il aura plus facilement l'occasion de rendre visite à notre mère.

On nous donne des chaises pour qu'on s'installe comme lors de notre première visite.

On nous amène ma mère… Je me décompose à la seconde où je vois son visage… Elle a un gros hématome, un coquart sous un œil. Mais c'est quoi, ce bleu ?

Sa robe est de travers et elle est très mal assise, installée n'importe comment sur son fauteuil. Le choc. Elle n'est pas coiffée et a l'air complètement hagarde. Mon corps tout entier est saisi par une bouffée de tristesse et de peur, je tombe dans un vide abyssal. La demi-heure passée face à elle sera, cette fois, douloureuse ; elle est vaguement contente de la boîte de petits gâteaux, qu'elle va malgré tout ouvrir. Son regard est tellement vide. Je décide d'attendre la fin du temps qui nous est accordé pour poser des questions à la personne qui viendra la chercher. Je ne voulais pas raccourcir notre visite en appelant quelqu'un, alors je me suis contenue. J'ai tenté, avec un ton doux, pour ne pas l'inquiéter :

— Maman, que s'est-il passé ? Tu es tombée ?

— Je ne sais pas…

Dans ma tête, je me dis : « Mais comment ça, maman, tu ne sais pas ? Mais dis-moi… »

J'ai envie de comprendre, je meurs d'envie de comprendre. Je le dois. Je suis comme face à une enfant dépassée par ce qui lui arrive. Elle ne sait pas…

Il me semble que c'est la sous-directrice qui vient nous voir ; avec beaucoup moins d'entrain que les premières fois. Personne n'a d'explication à nous donner, si ce n'est :

— Forcément, ce n'est pas grave, sinon on vous aurait appelée… Et puis, vous savez, les personnes âgées marquent vite…

Les personnes âgées marquent vite.

Je fais très clairement part de ma stupeur, et le seul effet que cela provoque se fond dans une sorte de confusion dans le regard et les paroles de mon interlocutrice qui me répète : « Les personnes âgées marquent vite, elle a dû se cogner… » Il n'y a rien qui va, dans cette réponse. Une généralité affligeante, une supposition d'événement traumatique, une ignorance de ce qui a été vécu par ma mère... Incroyable. Je trouve ça scandaleux et effrayant. Je suis en colère, assommée par la vision de ma mère dans cet état. Et je le leur dis. Poliment, mais fermement.

Allez hop, on monte une marche de l'escalier de la colère.

J'explique la situation à François, il est sans voix, déçu et inquiet lui aussi.

L'après-midi, nous avons rendez-vous avec les filles de l'agence pour qu'elles viennent estimer la maison. Elles sont emballées par son potentiel. La visite fut pourtant rapide et pas très joyeuse.

Il faut que je m'occupe le reste de l'après-midi, alors je m'installe dans le jardin et peins un meuble. Je trouve de la place dans ma tête pour y mettre mes sentiments d'inquiétude qui grandissent, jour après jour.

Ensuite, je cuisine. Mon frère aime ça ; c'est aussi l'annonce d'un repas convivial pour le dîner. Je cohabite désormais avec la terreur. Dès le lendemain, nous devons rentrer à Paris.

Ces trajets, ces couvre-feux, ces « pas plus de dix kilomètres » sont étranges. Tout est étrange.

Une fois chez moi, dans mon cocon, je prends des gifles de pensées sombres, sans grand répit. À longueur de journée, je songe à toutes ces personnes âgées, ces papis et ces mamies, qui, comme on dit, perdent leur liberté et trop souvent dans une solitude effroyable. Ils sont « en perte d'autonomie », c'est comme ça qu'il faut dire, c'est la formule politiquement correcte. Ils sont perdants vulnérables. C'est en fait tout sauf politiquement correct, c'est même très incorrect. Je continue à m'interroger : qu'aurions-nous pu faire ? La seule réponse, c'est : « nous n'avons pas eu le choix » et ce n'est pas une réponse, mais c'est cette phrase qui tourne en boucle dans ma tête. Je peux donc comprendre l'existence des EHPAD. Puisqu'il n'y a rien d'autre pour les perdants.

Orpea aime ces perdants.

Il est bien sûr nécessaire que l'on ait recours à tous ces professionnels dont le métier est justement de trouver des solutions à cette perte d'autonomie. Qu'il y ait un prix à payer est bien normal, ce sont des professions difficiles. Alors, partons à la découverte de ce monde-là. Il faut être prêts à constater que le principe de dignité est le grand absent de l'équation. Et tout ça est très injuste. Dans ma tête se bouscule tout le vocabulaire de l'injustice.

Qui sont ces gens qui se permettent de me dire qu'ils ne savent pas ce qui est arrivé à ma mère ?

Après une vie tellement pleine, elle se retrouve sous leurs soi-disant surveillance et bienveillance. Je ne tarderai pas à voir qu'ils sont mal veillants. Peut-être pas malveillants, mais mal veillants…

Qui sont ces gens qui ne savent pas et qui me disent de ne pas m'inquiéter sous prétexte que « les personnes âgées marquent vite » ? Je ne sais pas qui ils sont et j'ai presque envie de dire que maintenant je m'en fiche. Ils gèrent sa perte d'autonomie, sa perte de liberté. Actes presque mécaniques qui sont incontournables.

Inlassablement, je range toutes ces réflexions, toutes ces interrogations dans un coin de ma tête, j'encaisse, comme on dit. Il faut que j'apprenne à comprendre, à admettre que dorénavant, ce sont des étrangers qui s'occupent de ma mère. Je tente aussi de faire en sorte de ne pas oublier tous les points positifs qu'offre cette situation. Offrir est ici un terme un peu galvaudé. La sécurité, l'attention, les soins, la chaleur humaine. Après tout, toute personne devrait pouvoir recevoir la considération qu'elle a acquise tout au long de sa vie. Tout ça est bien triste, car je vois bien que c'est loin d'être le cas. Paradoxalement, je me dis que, effectivement, heureusement que les EHPAD existent. Petit à petit, je me plie à cette situation. Je me fais violence pour accepter le fait que ceux qui s'occupent de ma mère ne savent pas pourquoi son visage est tuméfié.

C'est hallucinant de devoir en passer par là. Est-ce un moyen de me protéger ? De la résilience face à un contexte que je ne maîtrise pas ? Un besoin inconsidéré de penser que je dois faire confiance parce que je n'ai pas d'autre option ?

Le lendemain après-midi, François doit aller voir notre mère. Mais, en fin de matinée, l'EHPAD me téléphone :

— Madame Peignelin... On voulait vous prévenir que votre maman a dû tomber et qu'elle a un bleu sur le visage.

— AH BON ?? Encore ? Elle est encore tombée ? Que s'est-il passé ?

— Ah... Comment ça, encore ?

Je comprends que la communication n'est pas le principal talent de l'EHPAD...

En fait, ils m'ont téléphoné parce que quelqu'un a dû leur dire que je n'étais pas contente du tout et que dorénavant il faudrait me prévenir si quoi que ce soit se passait. Alors, je conclus sur ces mots :

— Donc, si je saisis bien, vous m'appelez pour me dire qu'il ne faut pas que je sois surprise, que ma mère est blessée, mais manifestement vous ignorez depuis quand... Mais madame, j'ai vu ma mère hier et, le coquart, elle l'avait déjà, donc dites-moi juste s'il s'agit d'une nouvelle blessure !

La pauvre jeune fille que j'ai au bout du fil me dit qu'elle ne sait pas, qu'on lui a seulement demandé de me contacter pour me prévenir. C'est quand même fou que, dans un établissement de cette taille, où tout le monde est censé connaître tout le monde, on perde le fil d'une telle information. Chaque chute doit être notée, donc il ne s'agit pas là de déchiffrer le mode d'emploi d'un Airbus A380. Je comprends donc aussi que le planning des rendez-vous ne sert pas à grand-chose, ou alors qu'il doit être particulièrement difficile à lire.

Là, j'ai grimpé au moins trois marches d'un coup sur l'escalier de la colère.

J'ai envie de rappeler, de leur demander s'ils se rendent compte, s'ils se foutent de moi… Je ne le fais pas. Pas que je sois résignée, mais pour la simple et bonne raison que si je le fais, ils seront encore moins communicants avec moi. Et puis je me dis que si je tombe sur cette infirmière aigrie, ça ne fera qu'empirer les choses et elle pourrait être encore plus désagréable avec ma mère. Ce sentiment est insupportable. Et monte en puissance. Je dois ménager ceux qui ne me ménagent pas pour ne pas perdre le fil, aussi mince soit-il, qui me relie toujours à ma mère. C'est terrible d'en arriver à une stratégie pareille.

Mon frère n'a pu que constater. Il a trouvé ma mère épuisée. Cette fatigue ne la quittera plus jamais. Visiblement, Orpea fatigue beaucoup et rapidement ses résidents. Le personnel le rassure parce que, bien sûr : « tout va bien ».

La maison de Saint-Georges est maintenant vide. Mon frère a le même sentiment concernant la sienne depuis que ma fille et moi sommes parties. Je crois qu'à cette période, tout était vide. Les lieux comme les gens. Nous tous.

J'arrive de moins en moins à ravaler ma colère et j'essaie de moins en moins de trouver des explications, voire des excuses aux différents manquements, tout simplement parce qu'il n'y a aucune excuse à tout ça. Quelqu'un a dû lire une note quelque part qui dit qu'il faut appeler les familles en cas de souci. Bien… Bonne idée, mais s'il vous plaît, faites-le le jour J, sinon ça peut inquiéter les gens une seconde fois.

Et nous, pour eux, nous ne sommes que les gens. Cet après-midi-là, je reçois un coup de fil des « filles de l'agence ». Elles ont un acheteur…

Voilà, en cette fin de printemps 2020, début d'été, on continue d'avancer, très très vite. On accepte l'inacceptable, c'est-à-dire les bleus qu'on ne nous explique pas, le vide dans la maison de ma mère, l'idée que des inconnus viennent y faire des projets pour l'avenir, des travaux, y vivre… Pas le choix. On avance, on accepte.

On signe un mandat avec « les filles de l'agence », on reçoit le dossier avec la décision du juge de la protection des personnes majeures le même jour.

Nous allons donc nous séparer de la maison familiale et donner beaucoup d'argent à Orpea. J'ai vraiment l'impression de livrer la vie de ma mère, celle de mon père, à Orpea. À ce moment-là, impossible pour moi de savoir à quel point ils allaient prendre la vie de ma mère.

Alors, on enchaîne les allers-retours dans la Vienne, on est toujours en période Covid, par conséquent on enchaîne aussi les tests PCR, on respecte tout, tout le temps.

À chaque fois, on emporte plein de gâteaux, des vêtements tout doux, des serviettes et des gants de toilette, enfin tout ce qui selon nous est susceptible de faire plaisir à ma mère. Mais il faut maintenant laisser à l'accueil tout ce qu'on emmène, comme une sorte de quarantaine des choses. En revanche, on peut désormais un peu plus s'approcher de Lucette, je peux enfin la toucher, lui prendre la main, l'embrasser. On doit porter une blouse et un masque. On a le droit de se promener avec elle dans le jardin. La faisabilité des visites dépend donc en grande partie de la météo. S'il pleut, on ne peut pas la voir… J'avais repéré dans le parc un joli petit espace sous les arbres et j'y avais imaginé des pique-niques. Derrière une cabane, j'avais aussi repéré une petite table en bois qui serait parfaite. Allez hop, on installe tout. Très mignon. On y boit une Ricoré, on était super organisées, on prévoyait tout !

Un jour, j'ai négocié que le lendemain, ma mère puisse déjeuner dans le parc avec nous. J'avais compris comment mener la moindre négociation, il fallait être un peu ferme… Avec l'aide de D., le jeune secrétaire, nous avons eu gain de cause. Quand ma fille a demandé à sa grand-mère ce qu'elle voulait manger, elle lui a répondu : « des trucs du McDo ». Ça nous avait bien fait rire. Commença donc une petite série de déjeuners McDo dehors, et surtout il fallait du Coca, ma mère a découvert à 89 ans qu'elle raffolait de ce soda !

En tout cas, ça amuse beaucoup Lucette de dire à tout le monde qu'elle mange du fast-food dans le parc. « J'adore manger les trucs de poulet que ma fille commande au McDo. » Et puis, cerise sur le gâteau, Tyson peut être avec nous, et ça aussi c'est une joie pour elle. Lui est tout content parce que le jeu de ma mère consiste à lui donner des petits bouts de poulet dès que j'ai le dos tourné. Je fais semblant de ne rien voir et c'est très gai !

L'été se déroule donc ainsi. Autoroute A10, hôtels, et McDo.

On ne traîne pas trop, le temps est compté, même dehors. Et puis, on ne traîne pas trop non plus parce qu'on dort à l'hôtel. Ma belle-sœur, qui a pu rejoindre mon frère à Saint-Georges, a instauré un principe de précaution immuable, implacable et sans faille pour lutter contre la Covid, celui du « chacun chez soi ». Donc ma fille, Tyson et moi dormons à l'hôtel quand nous venons rendre visite à ma mère, parce que nous n'avons plus de chez nous à Saint-Georges. Sensation horrible de solitude, même si Lillyrose et moi adorons séjourner à l'hôtel. J'en ai longtemps eu gros sur le cœur. Sachant qu'on effectuait un test PCR avant chaque voyage, j'aurais apprécié la chaleur de la famille. Bref, je n'en ai jamais rien dit. Compliqué. Compliqué pour moi, pour ma fille et sûrement aussi pour mon frère. J'avoue que manger un sandwich sur le parking de Conforama était parfois une épreuve. Les restaurants étaient fermés et on avait besoin de faire un break avec le McDo. On prend toujours le parti d'en rire quand on en parle avec Lillyrose. Comme cette fois où Tyson nous a échappé dans l'hôtel, il avait couru aussi vite qu'une balle de fusil, en suivant les motifs coquelicots de la moquette des couloirs… Fou rire.

Plus les jours défilaient, moins j'avais de nouvelles directes de ma mère, et surtout, je ne décolérais pas. Je m'étais un peu fourvoyée au début à donner un minimum de confiance à Orpea, il n'avait pas fallu longtemps pour que tout s'envole.

En août, j'ai eu un pressentiment, je sentais que quelque chose s'était passé.

Même rituel, test PCR, autoroute, hôtel, sandwichs, masques, blouses, cahier de visites signé, gâteaux à l'isolement. Quelqu'un fait sortir Lucette sur la terrasse et je prends le relais. On se dépêche de rejoindre notre spot de pique-nique sous les arbres. Je redresse ma mère sur son fauteuil en m'assurant que le sol ne penche pas trop et je la laisse quelques minutes seule avec ma fille, le temps d'aller chercher Tyson qui gardait fièrement le déjeuner dans la voiture. À mon retour, je vois le visage de ma mère. Sur le haut de son front, à la racine des cheveux, une cicatrice… d'environ trois ou quatre centimètres. La cicatrice n'est pas ancienne. Stupeur.

— Maman, tu es tombée ?

— Ah non, non, non, je ne suis pas tombée…

Une fois encore, je n'en saurai pas plus, ni de la bouche de Lucette ni de la part des employées de la résidence. Ma mère si forte et si droite ne lâche rien, pas une information qui pourrait lui retomber dessus ensuite. Quelle horreur, c'est tout juste si elle ne me demande pas pardon…

Là, ça commence à faire beaucoup, même si la première fois était déjà une fois de trop, je peux dire que je fulmine. Bien sûr, j'ai posé la question en raccompagnant ma mère à l'entrée, et bien sûr, personne pour me dire. Enfin, il y avait bien quelqu'un, mais cette personne effectuait un remplacement et n'était pas au courant…

— Écoutez-moi bien : il va falloir que quelqu'un m'appelle et vite !

Il aura fallu attendre mon retour à Paris pour qu'on me téléphone enfin, pour me dire que… « Oui, effectivement, il y a eu une petite chute avec un bobo superficiel… » J'ai accueilli cette information avec tout l'énervement auquel j'avais droit, tout en essayant, évidemment, de rester calme, mais surtout polie. Polie, je le suis, même en rogne, mais je suis clairement poussée pas très loin de mes limites. Ils vont me rendre folle : personne ne peut me dire ce qui s'est passé, pas la date ni le lieu, rien. Ce jour-là, le coca avait un goût amer et pas sucré. Et je crois que ma mère fut la seule à bien manger ses « trucs de poulet ».

C'est de pire en pire, je le sens, et je sens bien aussi que ce n'est pas fini.

J'avais du mal, j'avais mal tout court. C'était un peu comme si tout était en pause, comme si j'attendais quelque chose en permanence, sans savoir vraiment quoi.

Je suis passée d'une inquiétude de temps en temps, à une inquiétude souvent puis à de la colère tout le temps.

La maison de Saint-Georges

L'acheteur a fait une offre en dessous du prix qu'on avait fixé avec les filles. Je sais donc d'emblée que je vais le refuser. Ma mère aurait non seulement fait pareil, mais elle aurait même augmenté le prix. Après tout, si l'acheteur a agi si rapidement, c'est qu'il a eu un vrai coup de cœur… Alors, je réfléchis à peu près trois secondes et je décline, sans même poser la question à mon frère. J'assume le risque que la vente ne se fasse pas. Pas grave, même si on sait qu'on va vite être pris à la gorge pour payer les loyers à Orpea, ces factures qui arrivent chaque mois et qui ne sont jamais les mêmes. Alors, comme je le fais depuis que je suis en âge de penser et de raisonner, je me dis « Tu ferais quoi toi, maman ? » Je me pose cette question tout en sachant que cette fois-là, je n'aurai pas de réponse. Donc, je l'imagine. Et j'augmente un peu le prix. Ma mère était comme ça, elle avait la bosse du commerce. Mon père, à l'inverse, aurait allègrement baissé, pour être gentil… Le culot, c'était une des qualités de Lucette, et elle s'en servait avec beaucoup de talent. Et cette chose que j'avais l'impression d'attendre arriva. Une heure après avoir refusé l'offre de cet acheteur, la fille de l'agence me rappelle : « C'est oui, il accepte et est d'accord pour signer au prix que vous venez de me donner. »

J'annonce la nouvelle à François. On encaisse. Il me faut un peu plus de temps que lui pour me faire à l'idée que bientôt on ne pourra plus y aller.

Décidément, tout s'enchaîne très vite. J'ai l'impression d'être sur un tapis de course qui s'emballe et de lutter pour ne pas tomber. On ne sera pas présents pour la signature du compromis. Je ne pouvais pas, je ne voulais pas rencontrer ceux qui allaient habiter la maison. Si je les avais vus, je les aurais forcément imaginés dans chaque pièce et je ne les aurais pas aimés, ce qui aurait été profondément injuste.

Je venais de porter un coup de couteau dans le dos déjà blessé de ma mère et d'offrir à Orpea toute une vie de labeur et tous mes souvenirs d'enfance.

Devrait-on être reconnaissant qu'Orpea ait été mis sur notre route ? Orpea a eu une autoroute pour venir jusqu'à nous, pas de péages, pas de virages, tout droit. Cette même autoroute qui va directement jusqu'à toutes ces familles qui, comme nous, n'ont pas le choix. Ah, tout ça a l'air beau… et tout est fait pour que nous soyons heureux de les rencontrer. Je n'ai jamais été séduite et je n'ai jamais été dupe de toutes les promesses faites, de toutes les mascarades.

J'ai pris cette route pour une unique et mauvaise raison : c'était la seule.

Je résume…

Je ne peux toujours pas avoir de vraies nouvelles de ma mère. Leur belle application Orpea Family est une blague, on peut y laisser des messages et des photos, qui ne sont jamais donnés. Il n'y a personne non plus, ne serait-ce qu'une fois par semaine, pour faire en sorte que ma mère puisse être aidée pour téléphoner, pour lui offrir ce plaisir. Personne non plus pour alimenter la rubrique « menu du restaurant » dans la fameuse application. Personne pour nous tenir informés de sa santé. Tout cela est dommage, grave. C'est dommage parce que si je travaille sur le fait qu'il faut accepter l'inacceptable, rien n'est mis en place pour me rassurer, mais surtout rien n'est mis en place pour ma mère. Rien n'est fait.

Je demande un jour si je peux programmer un créneau dans ce fameux salon de coiffure, qui fait partie du package qui nous a été vendu, on me répond que depuis la Covid, bah… c'est compliqué. Oui, la Covid a tout compliqué, mais… MAIS… avec la Covid, les familles sont reçues sur rendez-vous, ce qui est quand même confortable pour l'EHPAD, et certaines charges organisationnelles n'existent plus. L'argent de l'État arrive toujours dans les caisses d'Orpea, tout comme celui des familles qui, sans faute, est versé sans délai. Je persévère dans mes tentatives de compréhension de « comment font les gens qui ont des difficultés ou qui sont sans parents », cette question qui me hante depuis des mois. Je m'interroge aussi sur la facilité avec laquelle le juge de la protection des personnes majeures a clôturé le dossier de ma mère. En fait, tout cela semble habituel, comme une formalité. On formalise la fin de la vie. Au fur et à mesure que les jours passent, ma mère se renferme. Au fil des visites, celles de mon frère, celles de mes nièces, les miennes, on le voit, son esprit s'absente, ses pensées sont de plus en plus floues. Normal, nous dit-on, « votre maman est âgée »… C'est vrai. Mais la vieillesse semble expliquer bien des choses. On se relaie avec François, on essaie de faire en sorte que ma mère ne soit pas trop isolée. On continue les déjeuners dans le parc, les trucs au poulet et le coca.

C'est le début de l'été, je décide de partir quelques jours avec ma fille. Mon frère va être présent quotidiennement auprès de ma mère. On a un rôle très différent, lui et moi. Lui, son truc, c'est la brioche au sucre avec le thermos de Ricoré, et ma fille et moi, c'est le poulet, les frites et le coca. Donc ma fille et moi nous permettons une pause à la plage, sur notre île de cœur, chez ma famille de cœur : Delphine et Hervé. J'ai besoin de me reposer un peu et je sais que l'île me ressource.

Le retour m'a apporté l'addition, et elle a été lourde. Alors que je prévoyais de prendre la route dès la fin des vacances pour aller voir ma mère, je me suis écroulée.

Je pensais que j'étais exténuée, enfin je l'ai cru pendant une heure ou deux, car très vite j'ai bien senti que je tombais malade, et bien malade. De fatigue, je passe à l'épuisement, puis à une forte fièvre jusqu'à presque perdre connaissance. SAMU, urgences, hôpital… Ma fille, seule à la maison, gère tout. Personne ne savait ce que j'avais, je souffrais beaucoup. Au hasard d'un scanner, on me trouve un nodule de la taille d'un pamplemousse entre le foie et l'estomac, on appelle ça une découverte fortuite. C'est ce que l'on dit quand on tombe sur quelque chose qu'on ne cherche pas.

Bref, les résultats finissent par arriver, je fais une très belle dengue hépatique qui va me mettre K.-O. pendant des mois. Mon corps me lâche et mon esprit est en souffrance. Mon corps n'en fait qu'à sa tête, c'est rigolo ça… Il me met durement à l'épreuve, mais du coup, il m'impose un repos forcé que seule, je ne m'autorise pas.

Bien sûr, je n'ai pas attendu des mois pour aller voir ma mère. J'y suis allée dès ma sortie de l'hôpital, j'avais plein de choses à lui raconter, des photos à lui montrer. Je dirais presque que les troubles cognitifs rendent parfois la situation moins douloureuse. Effectivement, ma mère ne voit plus le temps passer de la même façon, elle ne le vit plus, elle le subit, alors il est presque plus confortable de penser que… heureusement que ces absences sont là. Et puis surtout on continue d'être très rassurant chez Orpea. Il est évident que l'état de santé de Lucette se dégrade, mais encore une fois, selon « eux », rien de grave, elle est âgée.

Avec Orpea, tout va bien et tout est normal. Avec eux, il n'y a jamais de MAIS et pourtant…

— La coiffeuse ne viendra plus, MAIS vous pouvez payer la secrétaire, elle coiffe très bien.

— Vous trouvez que votre maman a maigri ? MAIS ne vous inquiétez pas, on surveille ça de très près.

— Votre maman a des bleus ? MAIS ça va, rien de grave, juste un bleu.

— On attache votre maman à son fauteuil roulant, MAIS c'est pour son bien, elle tombera moins… parce que oui elle tombe, MAIS ça va…

Donc ma mère maigrit de plus en plus, elle est attachée à son fauteuil, elle porte des vêtements qui ne sont pas les siens. Elle se jette sur les gâteaux qu'on lui apporte et son regard se perd dans le vide. Il n'y a plus de tristesse ni de colère dans ses yeux qui ont exprimé tant de choses, avant. Nous n'avions toujours pas le droit d'aller dans sa chambre et je suis très choquée par le fait qu'elle porte des vêtements qui ne sont pas les siens. On avait pourtant tout étiqueté à son nom, pour que la lingerie ne perde rien.

Encore une fois, je trouve « normal » que les tarifs de la lingerie fassent augmenter le montant de la facture, mais s'il vous plaît, faites votre travail ! Ils géraient le linge à leur rythme sans que l'on puisse avoir un œil sur ce qui revenait. La seule chose dont on était sûrs, c'est que ma mère portait des habits qui n'étaient pas à elle. Tous les mois, je lui achetais des pantalons, des dessous, des chemises de nuit, des pulls, un très beau châle en cachemire, des chaussons. Je lui avais aussi offert de jolis sets de serviettes de bain, tout doux. Je savais à quel point la douche était devenue une épreuve pour elle, elle avait de plus en plus mal au dos, à ses épaules, et surtout elle n'avait plus de forces. Plus de forces et plus envie de rien. Quant à l'appétit, on nous disait que tout allait bien, comme d'habitude. Donc son amaigrissement était un mystère.

Il a fallu une longue série d'appels téléphoniques où je faisais part de mon inquiétude pour que les repas de ma mère soient gérés différemment. Le seul numéro dont nous disposions était celui de l'accueil, on ne pouvait pas joindre directement l'infirmière, qui était toujours débordée, je pouvais le concevoir. Alors l'accueil transmettait nos préoccupations à l'infirmière, l'infirmière disait à l'accueil que « ça va », je rappelais et l'accueil me disait que « ça va ». Un vrai jeu glauque de chaises musicales.

Lucette est devenue une femme toute maigre, attachée à son fauteuil roulant, accoutrée de vêtements pas à sa taille, perdue dans un monde qui doit être plus agréable que sa réalité et nous ne pouvons pas accéder à sa chambre, mais où est le problème ?

L'automne arrive, les beaux jours sont derrière nous, nous aurons dorénavant des rendez-vous avec notre maman à l'intérieur de la résidence, mais toujours pas dans sa chambre. Toujours pas moyen de voir à quoi ressemble son chez-elle, là où elle vit sa solitude. On a eu une belle surprise, en novembre, on a trouvé ma mère bien coiffée, les cheveux coupés, et on l'avait clairement mise sur son trente et un. Bon, comme toujours, les vêtements qu'elle portait n'étaient pas les siens. Mais, c'est dingue, on était contents du peu de normalité de traitement ce jour-là. À notre sortie, la jeune secrétaire a été un peu gênée quand elle m'a donné cette petite facture, manuscrite, qui correspondait à sa prestation de coiffeuse. Prestation d'ailleurs assez bien payée ! Pas grave, quelqu'un s'était occupé de ma mère, c'était tout ce que je demandais. Même si la coiffeuse était la secrétaire et que la facture était très officieuse. Alors, oui, ils étaient tous débordés puisque si, comme la secrétaire, ils déployaient leurs talents cachés dans un autre domaine que celui pour lequel Orpea les payait, tout cela est assez logique, n'est-ce pas ?

Tous débordés ? Non, pas tous.

Les semaines passent et ma mère communique de moins en moins « comme avant ». Tout m'inquiète, tout me met de plus en plus en colère, et de plus en plus souvent. Face à l'état de Lucette quasi somnolent et très détaché, j'ai osé demander « Mais prend-elle des médicaments qui la mettent un peu K.-O. ? » Mon interlocuteur a presque été offusqué de ma question. Mais pardon de vous la poser… Je ne sais d'ailleurs pas pourquoi je le fais, puisque je n'obtiens jamais de réponse aux précédentes.

J'ai de plus en plus de mal à me satisfaire des miettes d'informations qu'ils veulent bien me donner.

Un jour, je m'agace de n'avoir aucune explication claire quant à l'amaigrissement de ma mère, après avoir passé un grand nombre de coups de fil.

L'accueil me mettait en relation avec l'étage, pour que je puisse avoir des nouvelles un peu plus précises et ça sonnait, ça sonnait, et la communication finissait par être coupée. Après avoir fermement insisté, le miracle arrive : le médecin coordinateur m'appelle. Le fameux ! Il m'explique qu'il n'est pas toujours là, ah, je découvre ce détail. J'ai fini par lui demander clairement des éclaircissements sur son rôle dans l'établissement.

La réponse commence par « Avec la Covid… bla bla bla… tout est compliqué… »

Alors, j'ai quand même compris que ce monsieur gérait les plannings des infirmières. La belle affaire. Dommage d'avoir fait ces longues études pour ne pas soigner et faire des plannings. À ma tempête d'appels et face à mon insistance, il y a eu une mince réaction : on me prévient que ma mère va prendre ses repas dans une salle à part, sous surveillance, et que les repas seraient des repas hyperprotéinés. Bien, bel effort… La salle où ma mère mange nous est présentée, car c'est celle où se passent nos rendez-vous. Elle n'arrive jamais accompagnée par la même personne. C'est pourtant une petite résidence, on pourrait s'attendre à croiser un ou deux soignants et des visages connus. Si, pardon, à l'accueil on voit régulièrement la directrice ou son adjointe, qui courent à droite et à gauche pendant qu'on met nos surchaussures, nos masques et nos blouses. À part elles, aucun repère pour nous et sans doute pas pour les résidents non plus. Ce serait rassurant de savoir qui est censé prendre soin de nous. Ça ressemble à une année de maternelle avec 42 maîtresses. L'angoisse. Mais, en même temps, si personne n'est présent assez fréquemment pour opérer un suivi, personne n'est à blâmer quand ça dysfonctionne. Plus le temps passe, plus ma mère alterne les moments de silence, d'absence et les moments de bonne humeur assez étranges. Son sourire me paraît très différent. Comme modifié. Comme synthétique. Elle nous raconte ses histoires, nous parle de mon père, de sa jeunesse qu'elle corrige un peu. C'est très touchant, c'est triste aussi, mais c'est ainsi, les personnes âgées se réfugient souvent dans leurs souvenirs. Ça me va. On commence à entrevoir la fin de cette drôle d'année 2020. Tout semble toujours irréel. Toutes mes habitudes avaient volé en éclats. Je ne pouvais plus téléphoner à ma mère pour lui retracer ma journée, les bonnes notes de ma fille, les bêtises de Tyson. Et puis surtout, elle ne me téléphonait plus.

Je redoute Noël en silence. Mon frère est à Saint-Georges. Il s'occupe dans sa maison. Ma mère est encore et toujours chez Orpea, toujours aussi loin et toujours aussi inaccessible. Ce Noël s'annonce étrange et, je ne le savais pas encore, même catastrophique.

Le 23 décembre, François tombe d'une échelle et se fracasse le pied, enfin le talon… il sera opéré le lendemain, le 24 décembre… Joyeux Noël, mon frère !

Quelques mois plus tôt, je m'étais imaginé passer les fêtes de fin d'année auprès de ma mère, je pensais qu'on allait réserver une jolie table au restaurant et qu'on allait partager un bon repas ensemble. Mais comme la Covid fait son retour un peu partout, le restaurant est fermé, donc Noël sera à moitié confiné. Chacun de notre côté, mon frère à l'hôpital sous morphine, ma fille et moi à Bussy-Saint-Georges. Même ma tentative de bûche fut un échec total ! Elle était belle et spectaculaire, mais absolument immangeable. Elle a au moins eu le mérite de servir de décoration au centre de la table.

J'appelle Betty, ma nièce qui vit elle aussi en région parisienne et qui, elle aussi, passe les fêtes toute seule. Elle viendra à la maison le 25. On n'est pas dupes, ce Noël est tristounet, mais on va se créer un jour spécial en famille. Et c'est ainsi que ma fille, ma nièce et moi avons oublié l'échec de la bûche grâce au fabuleux tiramisu de Betty. Mon frère est dans les vapes à l'hôpital. Décidément, ces fêtes sont différentes de celles qu'on a l'habitude de vivre, et on finit cette année d'une drôle de façon.

Bien sûr, il est toujours impossible de joindre ma mère, elle ne décroche pas, elle ne peut pas, et à l'accueil ils ne peuvent pas passer le téléphone à tous ces papis et mamies esseulés.

On espère tous que 2021 sera une meilleure année. Comment peut-elle être pire, de toute façon ? On est loin d'imaginer à quel point ce sera dur.

Jusque-là, l'EHPAD avait été épargné par la Covid ; mais les fêtes de Noël sont passées par là et le virus y a fait son entrée. Panique aux Jardins de Charlotte, et je peux le comprendre. On ne peut donc pas, comme nous l'avions prévu, aller voir ma mère. Tout le monde est confiné en chambre, ce qui est tout à fait audible.

Ma maman me manque. C'est très dur de ne plus pouvoir la voir, de nouveau. C'est frustrant, c'est triste, c'est difficile. Le 7 janvier, ma mère est testée positive à la Covid. Sans surprise. Là, j'ai peur, elle est déjà très affaiblie. Mais pas d'inquiétude, car on nous rassure, comme d'habitude, on nous dit qu'elle n'a aucun symptôme et que TOUT VA BIEN. Bien sûr que c'est une presque bonne nouvelle, mais je suis fatiguée et en colère de ces TOUT VA BIEN. Votre maman tombe, mais tout va bien, votre maman maigrit, mais tout va bien. Votre maman mange bien, dort bien, elle fait des blagues et il faut toujours lui courir après parce qu'elle se promène toujours partout. Je me demande comment et quand. À les écouter, elle s'éclate en colo et elle dévore tout le buffet alors que, moi, quand je la vois, c'est tout l'inverse qu'elle me renvoie. Lorsqu'ils me disent qu'elle se promène partout, mon premier réflexe n'est pas de me réjouir, mais de leur demander de faire attention à l'escalier. J'aimerais être derrière eux tout le temps pour qu'ils la surveillent bien, ma maman. Depuis l'isolement en chambre, cela dit, l'escalier me fait moins peur. Mais le temps me paraît long. Déjà une semaine sans nouvelles. C'est encore pire qu'avant. Quand, enfin, on en a, devinez quoi ? Tout va bien. Dans le meilleur des mondes. Sans nuance. Alors, j'insiste. Dans son état général, avec la Covid, impossible que tout soit rose. À les entendre, elle est en escapade à Disney avec des copines. Je finis par savoir que maman est sous perfusion pour éviter la déshydratation. Elle est très fatiguée. J'ai établi un lien avec C., l'aide-soignante qui est souvent en poste dans le couloir où est l'appartement de Lucette. Elle m'envoie gentiment des nouvelles pendant ses pauses. Je prends ça comme un cadeau. Malgré la situation, malgré la peur, il y a un lien. C. me rapporte une anecdote. Et j'ai l'impression, un moment, d'être avec ma mère.

Lucette avait entendu dire qu'il existait plusieurs variants de ce virus et a donc demandé lequel d'entre eux l'avait touchée :

— C'est le variant anglais, Lucette.

— Ah… j'aurais préféré le brésilien.

Sacrée Lulu !

Les jours passent et ma mère se remet tant bien que mal de la Covid, elle est très fatiguée et là, pour le coup, c'est bien normal.

Le 17 janvier, Lulu a 90 ans. François réussit à lui parler après avoir beaucoup insisté. Il peut donc lui souhaiter un bon anniversaire, je n'aurai pas cette chance, je ne pourrai l'avoir que le lendemain. Ça, c'est du temps volé. Du lien familial effilé. Je n'aurais jamais pensé ne pas pouvoir souhaiter à ma mère son anniversaire. Ne pas pouvoir partager un moment avec elle, ne serait-ce que par téléphone. Ses 90 ans sans un échange de regards, sans le vert dans le vert. Maman…

Les derniers jours de janvier ont été lourds. Ma mère a du mal à parler, elle est épuisée ; j'envoie un message à François et je lui dis que j'ai l'impression que maman ne va pas tenir le coup. J'alerte la direction, chaque jour. Pendant deux semaines, les seules informations que j'ai se résument à « tout est stable, les constantes sont bonnes ».

Mais comment peut-on me dire à ce moment-là que tout va bien ? Je leur demande s'ils se moquent de moi et peut-être même du monde entier. J'ai envie de tout envoyer valser, mais je suis impuissante. Je suis face à la machine internationale distributrice de tout va bien et avec une maman âgée atteinte de la Covid. Mon frère a encore deux mois de convalescence à Saint-Georges, des broches dans le pied, un plâtre, et j'ai tout simplement peur que ma mère s'éteigne.

Février arrive. J'appelle le poste de l'infirmière, c'est C., l'aide-soignante si dévouée, qui répond, car elle passe à côté et que, contrairement à beaucoup d'autres, quand un téléphone sonne, elle décroche. Elle m'a gentiment passé ma mère qui était étonnement assez en forme, elle s'apprêtait à manger et m'a dit : « Tu vois que je suis costaud ! » Mon Dieu, j'étais euphorique d'avoir pu entendre sa voix. On s'étonne, mon frère et moi, qu'elle ait retrouvé la forme à ce point, comme ça, d'un coup. Tant mieux.

On va devoir attendre le 22 février pour aller la voir.

Mon frère, lui, pourra lui rendre visite le 21. Elle a hâte de notre arrivée. Comme c'est de nouveau possible, on se relaie pour les visites. Je fais des centaines de kilomètres toutes les semaines. Je cours toujours après des nouvelles un peu plus précises concernant son état de santé. Mais nous n'aurons rien de plus. Vient le moment où la colère se change en résignation. Je ne leur demande plus rien. De toute façon, je n'ai pas confiance en leurs réponses. J'en ai informé Mme F. Je lui ai dit que je ne lui demanderais plus rien, jamais. Elle m'a répondu : « Ah, mais ne vous inquiétez pas, on vous appellera. » On aurait dit un robot conversationnel en ligne.

Arrive enfin le jour où on a le droit de monter « chez ma mère ». On est chargées de cadeaux. De pleins sacs de gâteaux, de pâtes de fruits, de chocolats et de vêtements, un joli plateau laqué, une belle boîte pour qu'elle puisse s'occuper à ranger des petites affaires dedans. Ma mère est heureuse, elle sourit, elle fait des blagues, même si je sens bien qu'elle s'éloigne de la réalité, elle est bien et c'est tout ce qui m'importe. Elle porte encore une fois des habits qui ne sont pas les siens, je le signale à la direction, on me répond que c'est étonnant. Étonnant ? Ne vous moquez pas de moi, ça doit faire dix fois que je mentionne le problème à l'accueil… La colère monte en moi. Décidément, tout les étonne, mais rien ne les inquiète. Normal, puisque TOUT VA BIEN.

Une autre fois, je constate que tous les appareils électroniques de ma mère sont débranchés. On me dit que la femme de ménage oublie parfois de remettre en place le câble de la télévision, du téléphone… Ça m'énerve tellement que ce soit si souvent. Ce sont les seules distractions pour ma mère, ils le savent bien. D'autant que certaines personnes âgées ne reçoivent quasiment pas de visites. Ne pas rebrancher, c'est couper le lien entre eux et le reste du monde. C'est les priver d'actualité, de divertissement, de nouvelles.

C'est les empêcher de maintenir une connexion avec leur famille. C'est les priver de « joyeux anniversaire, maman ». C'est les cantonner à un lit dans une chambre vide, à du silence. La plupart ne sont pas mobiles et sont comme enfermés dans leur corps. Ils contemplent des heures le mur, parfois en pleurant de désespoir et d'ennui, même de peur, pour un geste de la femme de ménage. CLAC. Madame, j'ai réinstallé la télévision. Je vous passe la télécommande ?

J'ai de plus en plus de mal à contenir ma colère. Je la leur exprime. C'est inadmissible. Et puis, j'imagine que si ma mère avait bipé pour qu'on lui remette la télé, elle aurait été bien reçue. Enfin, si les infirmières répondent plus aux appels des chambres des résidents qu'au téléphone.

J'ai la sensation que les dysfonctionnements sont légion. Que les couacs sont la norme. Que, dans les priorités d'Orpea, on a omis d'inscrire le bien-être des résidents. Ça me fait penser aux nounous très souriantes qui parlent motricité fine, approche Montessori et qui collent les bébés qu'elles gardent devant la télé. Et encore là, c'est presque pire, vu qu'elle est éteinte. Si c'était ponctuel, anecdotique, bien sûr que ce serait excusable. On rebranche, on oublie et on n'en parle plus, mais c'est simplement un item sur la liste de ce qui ne va pas dans le sens du confort de ma mère et du respect qui lui est dû.

S'ajoute le balcon. Lucette a toujours aimé prendre soin de ses fleurs à la maison. C'était important pour elle, beau. Ça faisait partie de son environnement, alors, tout naturellement, on a eu envie de lui recréer un peu ce cadre verdoyant et coloré. On faisait ce qu'on pouvait. Au mieux. Pas pour que tout aille bien, parce que c'était impossible. C'est comme promettre un séjour à la plage à un enfant hospitalisé. C'est utopique. Un discours de brochure. Au moment de fleurir le balcon, j'ai posé la question de l'entretien. Encore une fois, la réponse rassurait : « Bien sûr, on arrose les plantes une fois par semaine. » Mensonge. Encore un. Les plantes sont mortes en un mois.

Encore un mensonge, certes, il ne concerne que les plantes, doit-on dire que « alors ça va » ? Peut-être que celle qui m'a répondu a confondu avec la douche des résidents. Une fois par semaine.

Tout à coup, le monde se remet à tourner rond. Ma fille reprend le chemin du lycée, avec des cours en partie en présentiel. Cette année scolaire est très difficile ; les élèves sont répartis en demi-groupes et ne vont en classe qu'un jour sur deux. Impossible de créer des liens sociaux, si importants à cet âge. Mon frère est libéré de la ferraille qui lui traversait le pied, et, pour notre plus grande joie, Lillyrose et moi pouvons de nouveau séjourner chez lui. Ça nous évite de dormir à l'hôtel et ça fait du bien…

On garde le rythme des allers-retours jusqu'à l'été. Entre les visites, j'angoisse beaucoup. Ma colère est teintée d'inquiétude. J'ai toujours peur de ce que je vais découvrir en allant voir ma mère et ce sentiment est terrible. Je dois la leur laisser alors que je n'ai pas confiance, alors que j'ai envie de la couver. L'absence de nouvelles entre les visites me laisse échafauder mille scénarios. Et puis, juste avant d'y aller, je me demande dans quels vêtements d'inconnue je vais encore la trouver. Combien de kilos elle aura encore perdus. Si elle a eu accès au monde à travers la télé et son téléphone depuis notre dernier moment ensemble. J'ai peur qu'elle se précipite de nouveau sur les gâteaux que je lui apporte. J'ai peur qu'elle les engloutisse, sa manière silencieuse de me faire comprendre qu'elle manque de nourriture. Le manque. Ça, ça pourrait être en gras sur les flyers Orpea. Vous souhaitez manquer à vos parents ? Manquer de nouvelles d'eux ? Qu'ils manquent de nourriture ? Mais pas qu'ils manquent de temps pour s'ennuyer, laissés devant un écran éteint, ça non. Confiez-les à Orpea. Je crains aussi de ne plus retrouver les vêtements chauds que j'ai rangés il y a peu dans son armoire. Tout ça me tord le bide à chaque fois que je me gare devant la maison de retraite. Et pourtant, ce n'est pas le pire qui peut m'arriver. Un jour, une surprise m'attend. Encore une. Et pas des moindres.

Ma mère présente un visage jauni par le reste d'un gros hématome, sur tout un côté… Énorme. Impossible de ne pas le voir. Impossible de ne pas s'en inquiéter. Impossible de banaliser un tel signe, une telle blessure. Mais une fois de plus, personne n'a su ou pu nous en dire plus. C'est comme si on demandait qu'on nous lise l'avenir.

Je descends l'escalier quatre à quatre, pas le temps de prendre l'ascenseur, et je pose la question :

— Mais c'est quoi, l'histoire du visage de ma mère ?

Je suis sûre que vous êtes à même de répondre à la place du robot employé, mais je vous répète tout de même ce qu'on m'a dit dans une magnifique constance de communication :

— Ah, elle a dû se cogner, mais rien de grave, s'il y avait eu des soins, vous auriez été prévenue.

— FAUX !!!!!!

Ça sort tout seul et c'est vrai. Pour les points, pour la perf, pour je ne sais quoi encore, on ne m'avertit pas. Il n'y a pas de consentement médical, pas de décision par les proches. Tout est flou. C'est un monde fermé avec ses propres règles et les extérieurs que nous sommes ne sont que des parasites, encombrants, voulant savoir, tenant à être informés. Pesants. J'imagine qu'on doit apprendre à se déshumaniser pour travailler là-bas, pour pouvoir répondre ça tout le temps. Oh, votre maman a le visage bicolore ? Ah oui, tout de même. Oh, bah j'en sais rien, moi. Mais ce que je sais, c'est que si ça avait été nécessaire, on vous aurait appelée ! Sourire. Dents qui volent.

La vie continue comme ça. C'est l'omerta. Je sais que même si je secoue le prunier, rien ne tombera. Personne ne sait rien. Et si j'insiste, ce sera la patate chaude. Tu sais, toi, Ghislaine ? Oh non, c'est Monique qui était là ? Ou Julie, la nouvelle ? Mais elle va bien, là, la dame ? Oh, bah ça va. De toute façon, si… Oui, vous auriez appelé.

Deux semaines plus tard, en voulant redresser la robe de ma mère, je sens qu'elle est trempée. Alors, tout naturellement, je sonne pour qu'elle soit changée… On me répond :

— Ah, mais non, pas maintenant, on va attendre le coucher…

— Mais comment ça, attendre le coucher, il est 15 heures !!!!

Je suis scotchée. Attendre le coucher pour être changé, c'est la norme. Même pas un dysfonctionnement. Et puis, je prends conscience de quelque chose qui me fait beaucoup de peine et me révolte. Non seulement les personnes âgées restent dans leur pipi (au mieux), mais en plus, celles qui arrivent un peu dépendantes le deviennent très rapidement étant donné que personne ne prend le temps de les emmener aux toilettes. Les besoins, c'est dans la couche, et je dis bien la couche, puisqu'il y en a une par jour. Quoi qu'il s'y passe. J'entrevois non plus une simple mauvaise gestion de la communication, mais de la vraie misère. Tout se teinte de gris. Et à chaque visite, ce que je constate nourrit cette colère, cette révolte.

Ça va loin, puisqu'une autre fois je relève que ma mère a une cicatrice, pas très profonde certes, mais une cicatrice sur le haut du front. Elle ne me dit pas d'où ça vient et bien sûr personne ne sait. En tout cas, parmi les employés présents ce jour-là, personne n'est au courant. Je peux l'admettre, mais pas le comprendre. La moindre blessure doit faire l'objet d'un rapport. Pourquoi ne me rappelle-t-on pas ? Est-ce possible que personne ne sache ? IMPOSSIBLE ! Quelqu'un sait, mais ne dit pas. J'apprends petit à petit la différence entre admettre les choses et les comprendre. Les choses s'accélèrent, les traces se multiplient. Après le premier bleu, l'hématome sur le visage, la cicatrice sur le front, maman présente de gros hématomes sur l'avant-bras. Leur cause ? Inconnue. Mystérieuse. Mystique ? Un peu plus et on m'affirme qu'elle se les fait seule, peut-être. Enfin, on ne sait pas. Ce que je comprends, moi, c'est que pour eux, un bleu, ce n'est pas grave. Un jour, la leçon a sans doute été retenue, on nous prévient. On appelle mon frère pour lui annoncer que notre mère a chuté de son lit. Mais ça va, hein. Tout va bien. Mais comment a-t-elle pu chuter de son lit ? De chaque côté sont disposées des barrières de sécurité. Le culot de l'aide-soignante de passage qui dit que ma mère a dû les enlever… On y arrive. Évidemment que non, puisqu'il faut de la force pour les baisser ou les enlever et ma mère n'a plus aucune force… C'est bien que je n'aie pas croisé cette aide-soignante. Ma mère a donc un gros hématome sur toute la cuisse et la fesse, mais ÇA VA ! Après tout, ce n'est qu'un bleu. La couleur de la peur désormais. On n'en saura pas plus. Ni ce qui s'est passé. Ni quand elle a été aidée, trouvée. Ni ce qu'elle a vécu. Voilà, c'est ça, je ne sais plus ce que ma mère vit. Dans un moment où elle se sent seule. Avant, on s'appelait tout le temps. On entretenait ce quotidien de détails. Et parfois, je me serais passée de ces détails, mais maintenant ils me manquent, ce qu'ils me manquent. Ma mère vit une existence parallèle, sans nous, sans moi et je n'en connais rien. J'aurais préféré qu'elle parte dans la montagne pendant six mois sans réseau.

Les jours et les semaines s'écoulent. Loin d'elle et de plus en plus loin de moi. J'expérimente une sorte de folie qui me désintègre petit à petit à un rythme qui s'accélère. J'ai l'impression de toucher le fond, mais il y a encore de la marge apparemment. Tout va continuer…

Un jour, peu de temps après, ma mère se plaint, elle a mal au dos. Quand j'arrive, elle est allongée dans son lit, il est 16 heures, elle porte une chemise de nuit qui n'est bien sûr pas la sienne… Je me dis que peut-être les draps forment des plis dans son dos, alors je regarde…

Là, j'en oublie presque le détail auquel on s'habitue de la chemise de nuit qui n'est pas la sienne, j'oublie aussi que je me suis demandé pourquoi ma mère était toujours dans son lit à 16 heures. J'oublie tout ça, car je m'aperçois qu'elle est allongée sur du fer… Son matelas anti-escarre est complètement dégonflé. Elle vient de passer au moins une nuit et une journée sur de la ferraille… Je dévale l'escalier à toute vitesse, je suis folle de colère. Je me fâche, fort, très fort. Je me demande s'il y a une limite à tout ça. Une frontière qu'ils n'oseraient pas franchir. Un moment où quelqu'un pourrait dire « ah oui, là, on va trop loin ». Peut-être qu'en réunion ils en rigolent. Qu'ils jouent à mélanger les vêtements pour savoir qui s'en plaindra… Je peste, je sors de mes gonds et la réponse qu'on me donne est hallucinante : « Ah, mais si ça se trouve, c'est votre maman qui l'a débranché. » Je me souviens avoir ressenti de la violence, et c'est nouveau pour moi. Après avoir assimilé qu'il y a une différence entre admettre et comprendre, je découvre une rage qui va me ronger. Comment pouvez-vous avoir l'audace et la bêtise de me faire croire que ma mère a pu monter sur une chaise pour tirer sur cette énorme prise qui est en hauteur… Et comment se fait-il que personne n'ait vu ça ? Vu l'état du dos de ma mère, le matelas n'était pas dégonflé que depuis deux heures. La réponse est simple, mais ne sera jamais formulée, on préfère sous-entendre que les personnes âgées provoquent elles-mêmes leur propre misère : personne n'a le temps d'effectuer correctement son travail. Personne ne la formule, mais on le constate : il nous arrive régulièrement de chercher une présence sur les différents étages avant de croiser enfin quelqu'un, et parfois on ne trouve personne. Tout ça ne va pas tarder à résonner plus fort et différemment dans ma tête.

Ma pauvre maman… où es-tu ?

J'ai toujours l'impression d'être dans une sorte d'urgence depuis que nous avons croisé la route d'Orpea, je ne me repose jamais. Je suis une boule d'inquiétude et de culpabilité. Personne ne peut, ne pourra plus jamais me rassurer de façon honnête et sincère du côté des Jardins de Charlotte. Personne.

À la maison, la vie est souvent suspendue ; ma fille et moi faisons face comme des grandes, assez seules. On forme une équipe, une petite équipe de deux.

Contre nous, Orpea a une grande équipe qui change sans arrêt, on ne les connaît pas. En tout cas, elle n'est pas conforme à celle qui nous a été présentée en début de match. Pas d'arbitre non plus. On subit, mais on n'abandonne pas, on se bat, ma mère aussi se bat. Je ne veux pas faire peser trop de poids sur les épaules de ma fille, mais je ne réussis pas. Je ne désire pas qu'elle se fasse à l'idée qu'elle doive toujours jouer le rôle de la fille forte de la famille. Je le sais, c'est compliqué. Alors, je jongle, j'essaie des choses, je lui parle beaucoup, on se parle beaucoup. On avance à tâtons avec la peur constante que la lumière crue nous révèle une nouvelle horreur.

En avril 2021, je sens que j'ai besoin de recul, d'un répit, de souffler enfin. J'emmène ma fille à Saint-Martin pour quelques jours. Comme toujours nous séjournons chez Delphine que je considère comme ma sœur et chez Hervé. Je sais que je vais m'y reposer, me ressourcer, bavarder avec ma Delph, la sœur que je n'ai jamais eue, refaire le monde. Avec elle, je ne fais pas semblant d'aller bien, je ne maquille rien. Elle non plus. Quoique…

Je l'ai trouvée fatiguée, elle aussi. On a laissé les jours s'écouler entre plage et piscine, rires avec les enfants et Hervé. Sentiment réconfortant d'être en famille. Je parviens à lâcher prise quand je suis sur cette île. Je connais les endroits et les heures qui me ressourcent. C'est le cas de la fin d'après-midi face aux trois îles. Tout est doré et pastel, calme. Là-bas, je respire et par moments, même, j'oublie.

Arrivée à Paris, je me sens requinquée, mais je reçois un appel de Delphine. Elle est à l'hôpital, en danger. Elle va être transportée en petit avion médicalisé vers la Guadeloupe, puis vers la Martinique en hélico tant son cœur s'emballe. Le programme n'est pas réjouissant : coma, intubation, réanimation, des heures et des heures au bloc. Je continue d'alterner Paris, Saint-Georges, CDG. J'avoue que là, tout commence à me faire peur. L'EHPAD reste constant dans sa communication : tout va encore et toujours bien.

Un soir, Hervé m'appelle depuis la Martinique, Delph ne va pas fort, ils vont l'extuber et faire un pari incertain, celui que son corps entier redémarre. Il est 20 heures quand je reçois cet appel, à 20 h 30 je suis en train de mettre mon passeport dans mon sac, je viens d'acheter un billet pour la Martinique. Je ne sais pas si je pars pour la voir ou pour lui dire au revoir… Je reste vingt-quatre heures sur place. Je l'embrasse, je suis sous le choc. Hervé et moi mangeons un sandwich assis sur le trottoir. Le lendemain, je rentre à Paris.

Deux jours après, je reprends la route avec Lillyrose pour aller voir ma mère. Nous sommes le 16 octobre.

J'ai rarement été aussi exténuée et éprouvée. Le trajet est interminable. Arrivées à Saint-Georges, le bruit des cloches qui sonnent l'angélus ne me rassure plus comme avant. Ce soir-là, elles m'angoissent. Malgré la fatigue, j'ai très mal dormi cette nuit-là.

18 octobre, on passe devant ce grand et beau panneau qui fait tant de promesses en annonçant : ORPEA, LA VIE CONTINUE AVEC NOUS.

À l'entrée, personne. Ce n'est pas franchement très grave puisque de toute façon, on voit toujours les mêmes choses, à savoir les deux mêmes personnes qui courent et qui sont débordées. Je me demanderai plus tard si elles ne fuyaient pas le contact avec les familles, au moins pour l'une d'entre elles.

Dans le hall, sont présentes des personnes âgées, immobiles, hagardes, certaines ont l'air absentes, d'autres ont l'air malheureuses, et un monsieur pleure. Quelle tristesse… Quelle misère de devoir finir sa vie comme ça, dans ces conditions-là. Je me dis que, finalement, l'endroit qu'on a choisi ressemble à ceux qu'on a visités, aux autres, c'est juste que la promesse de départ était plus douce.

Chambre 106. On pousse la porte. J'ai tellement hâte de voir ma mère. J'ai besoin de constater que, oui, au moins pour elle, tout va bien. À ce moment-là, j'ai envie d'y croire. J'ai besoin de beauté, de tendresse, de répit. J'ai la sensation que tout s'effondre autour de moi. Que ça a été progressif pour maman et soudain pour Delphine, mais que, pour moi, le résultat est le même. Mon monde s'effrite. Delphine et moi, on nous a souvent appelées les deux guerrières, capables de tout surmonter. J'espère qu'elle fait sa part de son côté. Moi, j'essaie, mais là, j'ai besoin de me plonger dans les yeux de ma mère. D'une pause. De son sourire.

Je ne connaîtrai aucun de ces plaisirs. Rien à quoi me raccrocher.

Je rentre suivie de ma fille et de mon frère, le store est à moitié baissé, mon sang se glace immédiatement. Ma mère est là, allongée sur son lit, inerte. Elle n'a pas l'air de dormir, elle est inerte, c'est le mot. Une fois de plus, elle porte une chemise de nuit qui n'est pas à elle, il est 15 heures. Je tente un :

— Ça va maman ?

Je connais le visage de ma mère quand elle dort, là je vois quelqu'un d'autre. Je ne parviens pas à la réveiller, je panique. Ma fille descend les marches du grand escalier quatre à quatre, je la rejoins dans le hall. En chemin, j'ai croisé trois personnes que je n'avais jamais vues avant. Lillyrose est en train d'interpeller un jeune infirmier, le seul présent ce jour, nous ne l'avons jamais vu avant. Le ton de ma fille est plein d'inquiétude, elle est en colère. Il nous dit qu'il ne sait pas, qu'il ne connaît pas les résidents. Mon frère nous rejoint. Ma fille continue de parler fort… Comment est-ce possible que ce jeune soit seul à tout gérer sans connaître ni les lieux ni les personnes dont il a la charge ? Le pauvre… Il n'y est pour rien, le lieu est effectivement désert. La discussion va se terminer, à son grand soulagement. Ma fille a été tellement bouleversante dans sa colère, si puissante et juste. J'y ai lu de la peur, surtout. Nous remontons voir ma mère, elle ne réagit toujours pas. On la laisse se reposer. J'insiste pour qu'elle consulte un médecin. Encore et encore. Le soir, le lendemain… Au bout de deux jours, il vient enfin lui rendre visite. Selon lui, Lucette est seulement un peu enrhumée et fatiguée. Elle tousse et elle a pris du sirop, mais en gros… tout va bien.

Ce 18 octobre a été une des pires journées de ma vie. Pas la pire, mais je ne le savais pas encore. Ce jour-là, j'ai cru que ma mère était morte. C'était terrifiant. Et vraisemblablement épuisant puisqu'en rentrant sur l'A10 que j'ai bien trop parcourue, je me suis endormie. La voiture a heurté le terre-plein central. Je ne sais toujours pas par quel miracle nous nous sommes retrouvées sur la bande d'arrêt d'urgence sans avoir été percutées par un autre véhicule. J'ai lu la terreur dans les yeux de ma fille. Je ne veux plus jamais voir ce regard. Et cette culpabilité, mon Dieu… J'ai failli nous tuer ; je n'ai tué que la voiture.

Bien sûr, après le gros rhume, tout s'est mis à bien aller. On l'a appris en insistant.

Mais moi, je ne comprends pas. Je ne comprends pas pourquoi quand ma mère est faible, quand elle n'est pas bien, je ne comprends pas pourquoi personne ne nous appelle. Je passe mon temps à courir après les informations, qu'on me donne au compte-gouttes.

Je rumine mon incompréhension face au fonctionnement de ces établissements. Je m'interroge de plus en plus. Mais on est tentés par le fait d'être rassurés, ma mère a eu raison de ce petit rhume et elle est soi-disant en pleine forme.

Entre ce qu'on nous dit et ce que je constate, il y a un monde. Ma mère a perdu beaucoup de poids. Je demande régulièrement une mise au point à ce sujet, mais je n'obtiens pas de réponse, si ce n'est qu'elle continue de prendre son repas dans une salle à part. Alors je fais en sorte qu'elle ait toujours ses gâteaux préférés, des petites brioches et du bon chocolat. Je sais qu'elle aime ce grignotage, ces gourmandises, uniques plaisirs qu'elle peut décider seule dans sa chambre, enfin je l'espère. À chacune de nos visites, on lui apporte tout ça. Lillyrose et moi sommes devenues expertes pour les commandes chez Rannou Métivier, fameuse maison de Montmorillon. Nous sommes aussi passées spécialistes en crèmes hydratantes, en lotions en tout genre et, sans prétention, je pense être désormais VIP chez Daxon (magasin de vêtements). Je me dis qu'à tout moment, je suis susceptible de recevoir une invitation pour leurs ventes privées. Voire un badge de meilleure acheteuse de l'année.

Au-delà du fait que les macarons soient rapidement mangés, par ma mère je l'espère, aujourd'hui je doute de tout, toutes ces petites choses que je lui fais livrer ne font pas long feu dans sa chambre.

Un jour, je reçois un e-mail d'Orpea qui me demande de fournir un trousseau complet de toilette, car ma mère n'a plus rien… QUOI ??? Je suis stupéfaite. Bien sûr que si, elle a.

J'ai moi-même mis dans la salle de bains du shampooing, du gel douche, des savons, des crèmes, des lotions, de nouveaux gants de toilette et de nouvelles serviettes (les serviettes disparaissent aussi vite et aussi souvent que les « deuxièmes chaussettes » quand on les lave), le tout avec des étiquettes à son nom.

— Ah ? Je ne comprends pas.

— Moi non plus, madame, je ne comprends pas où passent les affaires de ma mère ! Que je ne comprenne pas est normal, mais que vous, vous ne compreniez pas, c'est très embêtant !

Quand je demande où sont le linge de ma mère, les vêtements que je lui achète, on me répond qu'ils sont probablement à la lingerie, que là aussi, tout va bien. Peut-être essaient-ils de se rassurer eux-mêmes avec tous ces TOUT VA BIEN… Je n'avais pas songé à cette éventualité. Parce que, en cas de problème, dans un premier temps, ils ne comprennent pas puisque tout va bien et donc comme tout va bien, tout ira bien. Ça pue le déni.

Alors, pour combler leurs lacunes, je fournis inlassablement des macarons, des brioches, du chocolat, et du linge. Je pense avoir acheté plus de vêtements pour ma mère cette année-là que pour moi en plusieurs années. Plus de macarons aussi. C'est fou de ne rien savoir… fou de ne pas savoir…

Comme pour beaucoup de monde, novembre n'est pas le plus joyeux des mois. Il m'a souvent mise à l'épreuve. Mon premier (et peut-être seul) chagrin d'amour commença un 2 novembre, c'était en 1984 et ma mère, ne sachant pas quoi faire devant un tel chagrin, m'avait emmenée au cinéma, on avait enchaîné trois films. Bref, novembre est là. Il ne sera que l'acte I de son pote décembre qui est normalement un voisin plus joyeux.

Je vais passer le mois de novembre accrochée à mon téléphone, d'abord le matin, première session, pendant laquelle je tente de joindre ma mère. Bonheur immense quand elle arrive à décrocher et à me parler. Quand c'est le cas, vite, j'appelle ma fille pour qu'elle puisse en profiter. Ensuite, vite, je téléphone à mon frère pour lui dire « maman est près du téléphone, appelle à ton tour ». Parfois, il arrive à la joindre si elle raccroche bien après mon coup de fil. Voilà, ça c'est le matin. En fin d'après-midi vient l'heure de prendre des nouvelles de Delphine, toujours en réanimation en Martinique. Les chirurgiens, qui sont allés au bout de ce qu'ils pouvaient faire, attendent fébrilement que l'hôpital Cochin de Paris accepte de prendre le relais et veuille bien relever le défi.

En revanche, aux Jardins de Charlotte… tout va bien. À croire que pour Orpea, novembre ressemblerait presque au printemps.

Le 1er décembre, c'est confirmé, Cochin accepte d'essayer de sauver Delphine, sans trop se prononcer sur les chances de réussite. Je vais faire l'aller-retour en Martinique pour être à ses côtés pendant le vol avec le SAMU. On se pose le 4 au matin à Paris, direction Cochin sans perdre de temps. Je passe par chez moi juste pour me doucher et je la rejoins. Je parle avec les médecins et fais le relais avec Hervé qui s'organise pour prendre un vol le plus vite possible. Lillyrose me rejoint à l'hôpital. Je souffle un peu.

À 17 heures, ma fille et moi sommes prêtes à rentrer chez nous, je n'ai presque pas dormi depuis quarante-huit heures, je suis assommée par la fatigue. Comme à côté de mon corps. Mon frère m'appelle et me dit que l'EHPAD vient de le contacter.

— Anne, maman est tombée dans l'escalier, elle a sûrement le nez cassé, elle est conduite à l'hôpital.

Elle a sûrement le nez cassé…

J'essaie de joindre les urgences, il est trop tôt pour avoir des nouvelles, elle vient juste d'arriver, elle va passer des radios, me dit-on.

J'ai face à moi Cochin où Delphine n'est pas encore tirée d'affaire et au bout du fil les urgences du CHU de Poitiers.

Lillyrose et moi décidons de manger un morceau à la terrasse Saint-Jacques, la brasserie qui est en face de l'hôpital. Toujours trop tôt pour avoir des nouvelles.

On rentre à la maison, je m'assieds sur le canapé, à bout de forces, folle de fatigue et d'inquiétude. Je tente sans relâche de contacter les urgences. C'est presque aussi dur que de joindre l'infirmerie d'Orpea. Enfin, on me passe une infirmière qui me dit qu'un médecin va me rappeler. Ils sont, pense-t-elle, en train de suturer une plaie. Elle me dit que le médecin est très inquiet de la présence de beaucoup d'eau dans les poumons…

À 22 h 50, j'envoie un e-mail à l'EHPAD :

Bonsoir, c'est très inquiète et très en colère que je vous écris cet e-mail. Mon frère a reçu votre appel en fin d'après-midi pour nous annoncer que notre mère a ENCORE chuté… dans l'escalier, cette fois-ci. Vous comprenez que ce soit cette fois-ci dans l'escalier me/nous effraie, nous surprenne et pour finir nous mette en colère. Comment est-il possible que les résidents ne soient pas en sécurité au sein de l'EHPAD ? Je comprends tout à fait qu'ils soient libres de leurs mouvements, et heureusement, MAIS il vous appartient de faire en sorte que, selon leur situation, les mouvements qui leur sont laissés le soient en toute sécurité. Ce soir, je me demande comment ma mère peut se retrouver à chuter dans cet escalier… même libres de leurs mouvements, vous êtes garants de leur sécurité.

Je viens d'appeler les urgences, ma mère a de multiples fractures au visage, ils sont en train de suturer plusieurs plaies ouvertes. Le scanner montre la présence d'eau dans les poumons, forcément, puisque notre mère tousse depuis plus d'un mois, mais cela n'a semblé inquiéter personne, si ce n'est amener le constat que « votre maman est un peu fatiguée ».

Je suis, comme vous pouvez le lire, consternée par l'état dans lequel se trouve ma mère et je tiens à vous faire part de mon incompréhension quant à la sécurité que vous devez garantir. Est-ce normal que cet escalier ne soit pas protégé ?

Anne PEIGNELIN

Le CHU finit par me rappeler. S'ensuit une conversation pour laquelle je n'étais pas prête. Je demande immédiatement si ma mère a le nez cassé. Le médecin me répond, et je ne comprends pas trop…

— Non, madame… Enfin peut-être, mais son nez n'est pas ma préoccupation. Votre maman a de multiples fractures, qui ne sont malheureusement pas ma première préoccupation non plus. Que savez-vous de l'état de santé de votre maman ? Était-elle suivie ? Ses poumons…

Je me souviens de m'être recroquevillée sur moi-même. Le médecin continue :

— Je ne comprends pas, madame… Comment l'EHPAD a pu se contenter de vous dire qu'elle avait probablement le nez cassé ? Ils n'ont certainement pas fait de déclaration d'accident grave, ça les arrange bien, vous savez…

Je ne saisis pas. Je suis en état de sidération sur le bout de mon canapé. Je suis en train de sortir de mon corps, si seulement je pouvais aussi échapper à ce cauchemar… Je sais que je ne peux pas conduire, je suis à la limite du malaise tant je suis fatiguée.

J'ai une obsession en tête… Je suis terrorisée à l'idée que ma mère ait peur, qu'elle ait mal… Elle doit souffrir et être terrifiée. Alors, je répète ces mêmes phrases au médecin que j'ai en ligne : « Est-ce que ma mère a peur, est-ce qu'elle a mal ? Est-ce qu'elle vous dit qu'elle souffre ? Pouvez-vous vous assurer qu'elle n'a pas peur ? Pouvez-vous, s'il vous plaît, me la passer, s'il vous plaît, même pas longtemps, quelques secondes ? Parce que, là, elle est toute seule, je ne suis pas là, je suis à Paris, je ne suis pas avec elle… S'il vous plaît, docteur… Mettez le téléphone à son oreille. »

Que c'est dur, que c'est triste de supplier un médecin… Quelle détresse…

— Madame… Écoutez-moi… Respirez… Je vous assure que votre maman n'a ni mal ni peur. Son état est tel que je l'ai profondément sédatée, elle n'est pas consciente. Écoutez-moi, madame, elle ne se réveillera pas. Quel est votre prénom ?...

— Anne, je m'appelle Anne…

— Anne, écoutez-moi, respirez, pleurez, mais respirez…

RESPIREZ, PLEUREZ, MAIS RESPIREZ…

Je ne pensais pas qu'un médecin pourrait me parler comme ça. Aujourd'hui encore, je reconnaîtrais sa voix. Je me souviendrais de ce que je portais, de ce que je regardais, de ce que je sentais quand il m'a dit tout ça.

Anne, elle ne se réveillera pas.

— Anne, écoutez-moi, il est minuit passé, vous n'êtes pas en état de conduire, s'il vous plaît, prenez un somnifère si vous en avez un, dormez quelques heures et venez. On va vous attendre.

On va vous attendre.

Il m'explique que je ne pourrai pas la voir, même en arrivant tout de suite, car on est toujours sous le coup des restrictions de la Covid. Il m'assure encore et encore qu'elle ne souffre pas, il a même prononcé cette phrase « elle ne souffrira plus ». Et je continuais à lui demander si elle avait peur, si elle avait eu peur en arrivant…

Je ne sais plus très bien dans quel ordre j'ai fait les choses après avoir raccroché. Je sais juste que ma fille m'a dit : « Maman, prends un truc pour dormir maintenant, et fais ce que le docteur t'a dit. »

Aujourd'hui, je me demande encore et sans cesse si ma mère n'était pas déjà partie, si ce médecin n'a pas simplement fait preuve d'une grande bienveillance envers moi. Je ne le saurai jamais, mais j'ai suivi ses conseils et ceux de ma fille, comme un robot totalement déshumanisé. J'étais un être sans vie. Je me répétais que ma mère n'avait pas peur et qu'elle n'avait pas mal, pour m'en convaincre. Je me suis sentie si perdue, seule, et abandonnée. J'étais terrorisée. J'ai pris ce cachet et j'ai plongé dans un drôle de sommeil. Le même que ma mère.

Dernière autoroute A10

Je me réveille tôt. Je me demande pendant trois secondes où je suis et si cette histoire d'hôpital est réelle. À la quatrième seconde, je me dis que oui, tout ça est en train de se passer. Je vais encore laisser ma fille seule et je vais partir à Poitiers. Elle va prendre le relais à l'hôpital Cochin pour Delphine et me rejoindra en train quand Hervé sera arrivé à Paris. Il est dans l'avion. Bien sûr, mon frère est déjà en route quelque part entre l'Italie et la France.

Je suis sur cette autoroute ; j'ai dû m'arrêter toutes les trente minutes, je crois. Je ne ressens plus rien, je n'ai plus faim, plus soif, plus rien, une sorte d'anesthésie mentale.

Mon téléphone sonne, c'est l'hôpital. Je ne réponds pas, je sais qu'il faut que je m'arrête avant de pouvoir répondre. Je sais ce que je vais entendre. Alors je m'arrête, je respire et je rappelle.

— Madame Peignelin, votre maman est décédée.

— Docteur, je vous en supplie, dites-moi si elle a eu mal, si elle a souffert…

— Anne, je vous l'assure, non, elle n'a pas eu peur et elle ne souffrait pas.

Je suis accroupie dans le couloir des toilettes de la station-service. Autoroute A10. Je ne sais pas trop combien de temps je suis restée prostrée là, si des gens sont passés, si quelqu'un m'a vue.

J'appelle mon frère, ma fille, Marie-Rose.

Marie-Rose est ma marraine, ma cousine, nos mamans étaient sœurs. Marie-Rose fait partie de ces femmes « fortes », de celles qui n'ont pas été épargnées par la vie, celles qui affrontent. Elle aussi fait figure de pilier, de fondation, de mur porteur, de toit pour la famille. Donc je l'appelle, et on raccroche très vite, pas seulement parce que j'ai de la route à faire, mais aussi parce que ni elle ni moi n'avons l'habitude de nous effondrer en partageant nos chaos. On est bien plus habituées à prêter nos épaules qu'à pleurer sur celles des autres, on recueille les pleurs et on camoufle les nôtres. Je vais donc me rendre directement chez elle à Saint-Georges et elle me conduira là où le médecin m'a dit d'aller, à la morgue de l'hôpital.

J'appelle l'EHPAD, j'annonce à la directrice que ma mère n'a pas le nez cassé, qu'elle est morte.

Je ne me souviens plus du reste du trajet.

Je me retrouve chez Marie-Rose. Elle m'attendait pour m'emmener au CHU de Poitiers. Ce qui me permet de passer quelques coups de fil, notamment à la morgue. Je suis dans un espace-temps incertain, et on me lance tout à coup dans une course contre la montre. La morgue me dit de me dépêcher, ils vont bientôt fermer l'accueil.

— MAIS COMMENT ÇA, VOUS ALLEZ FERMER ??? JE VOUS EN SUPPLIE, IL FAUT QUE JE VOIE MA MÈRE, S'IL VOUS PLAÎT…

Arrivées sur le parking, je sors et je cours, je suis stoppée à l'entrée, il faut remplir des papiers. Autorisation de levée du corps. Je remplis, je signe, j'écris, je n'ai qu'une idée en tête, voir ma mère. Et je vais la voir. On me demande si je veux être accompagnée. Bien sûr que non. Ma mère et moi avons toujours partagé nos difficultés en tête à tête, sans personne. Je demande à Marie-Rose de me laisser y aller seule. Si je suis sûre ? Oui.

Je viens de supplier une inconnue de m'attendre avant de fermer la morgue pour que je puisse voir ma mère.

J'entre. Je me retrouve dans cette pièce, glacée. Ma maman est là, au milieu. Je ne la reconnais pas. Et je ne veux pas décrire ce que je vois, c'est un peu comme un secret entre Lucette et moi. Quand elle n'allait pas bien, elle me disait de n'en parler à personne. C'est ce que je fais. Je passe ce moment seule avec elle, et je ne répéterai jamais à personne à quel point la douleur que j'ai ressentie m'a transpercée.

Je continue de reproduire ce schéma, ne rien dire quand ça ne va pas.

Je ne saurais estimer combien de temps je suis restée seule avec elle. Auprès d'elle.

Marie-Rose est entrée à son tour. On a tellement pleuré. C'est la première fois que deux piliers pleurent côte à côte et en même temps.

La directrice des Jardins de Charlotte m'a laissé un message. Et pour une fois, elle ne m'a pas servi du tout va bien. Elle était à ma disposition, m'a-t-elle dit. Je la rappelle pour prévenir que j'étais sur la route, que je venais chercher des affaires pour ma mère, qu'il fallait que quelqu'un soit là pour m'ouvrir la porte, quelle que soit l'heure. Mon idée fixe était d'aller très vite chercher des vêtements qu'elle aime. Des vêtements qu'elle aimait.

Je suis un robot, une machine. Marie-Rose m'emmène à Neuville, à la Résidence Les Jardins de Charlotte, ce qui était devenu l'adresse de Lucette. Je me souviens de m'être dit que je ne connaissais même pas cette Charlotte… N'importe quoi… Dès que nous passons la porte, celles que j'appelle « les filles » sont là, abattues, en tout cas, celles qui viennent me voir. J'en serre une dans mes bras tant elle pleure. Elle était présente quand ma mère est tombée, elle me dit à quel point elle est choquée, que la chute a été très violente. Alors que, bien sûr, ma mère devait juste « avoir le nez cassé ».

Personne de la Direction.

On monte seules à la chambre de Lucette. Je ne peux pas prendre cet escalier. Ce putain d'escalier. Dès que j'ouvre la porte, je pense que cet endroit n'a jamais été chez ma mère. Je me retrouve plantée là, au milieu de cette pièce, là où elle a passé la dernière année de sa vie. Je ne regarde rien, je ne songe qu'à une chose, vite trouver des vêtements. J'ouvre la penderie, je sors tout. Doucement au début. Je ne mets pas la main sur ce que je cherche, j'en vois d'affreux qui ne sont pas les siens. Alors, je commence à tout déballer, un peu plus rapidement, pour finir en balançant tout sur le lit, puis par terre. Je suis un robot qui pleure. Une machine qui pleure. Je suis ma violence.

Je choisis une robe qu'elle aimait bien, j'ai même pris des collants ; ma mère ne serait jamais sortie jambes nues. Une jolie combinaison pour mettre sous sa robe. Ils ne lui mettaient pas de combinaison, c'était superflu. Je sors demander des sacs-poubelle. Je ne veux rien laisser dans cet endroit. Mais je ne trouve personne… je me sers sur un chariot d'entretien. PERSONNE. Je fourre tout dans des sacs. Je finis par entendre quelqu'un qui passe très discrètement dans le couloir. Je demande que les affaires de ma mère soient données à des mamies qui n'ont pas grand-chose. Je sais que certaines personnes âgées sont très démunies, alors comme Lucette avait bon cœur, je veux leur donner ses vêtements et aussi ceux qui d'ailleurs n'étaient pas à elle… J'insiste bien sur le choix des mamies à qui on allait donner tout ça.

Je suis toujours cette machine, ce robot qui pleure, et je comprends au fur et à mesure que les heures passent que ce mode va rester activé un bon bout de temps.

La direction, la même qui nous avait prévenus que notre mère avait probablement le nez cassé, n'a pas montré le bout du sien ce soir-là. Il n'était pourtant pas tard. Personne pour me dire que tout va bien.

Personne pour me dire que tout va mal.

Personne.

Je décide de m'approcher de l'escalier. Les filles ont disposé deux tables rondes pour en empêcher l'accès. Pathétique et atroce. Le long de la rampe, pendent encore des guirlandes de Noël, elles sont rouges. Chaque pas posé sur chacune des marches était un coup violent que je recevais. Mon dos s'est mis à me faire terriblement mal. Bien sûr, le dos... Jamais de face. Avec « eux », les coups n'arrivent jamais de face. J'ai eu besoin de poser mes pieds sur toutes les marches, même si les coups que je prenais étaient fous de violence. Je me disais que peut-être, en souffrant et en pleurant autant, je parviendrais à apaiser ma colère et cette violence que je ressentais en moi. Je n'étais qu'au début du combat, je ne le comprenais pas encore.

Ma mère est tombée dans cet escalier le 4 décembre.

Elle est partie le 5 décembre et le 6, je vais m'entretenir avec la direction locale et régionale d'Orpea.

La directrice de Jardins de Charlotte va donc être aux côtés de son directeur régional. Ce rendez-vous avait été fixé la veille lors d'un appel téléphonique très bref. Notre arrivée se fait dans un étrange et lourd silence, j'ai l'impression de voir flou, d'avoir les oreilles bouchées, comme si j'étais prisonnière de ce que je ressens. Même nos pas sont silencieux. J'ai l'impression d'avoir les pieds et les mains attachés. Je sais que ce que je ressens, c'est de la douleur. Mais je dois parler. Ils nous invitent à nous asseoir dans ce bureau, derrière l'accueil. Mon frère est, bien sûr, à mes côtés. Il est 14 heures.

Tout ce qui m'importe, c'est dire ma colère. Je ne veux pas leur parler de ma tristesse, elle ne les regarde pas. Ils nous disent qu'ils souhaitent partager notre peine. Alors, je leur réponds : « Notre peine ne vous regarde pas. » Partager notre peine ? Mais quelle impudeur. Je leur formule que je ne suis pas là pour discuter avec la femme et l'homme qu'ils sont, que ma tristesse effectivement ne les regarde pas, je veux juste m'adresser à la directrice des Jardins de Charlotte et au directeur régional d'Orpea. Alors oui, bien sûr, c'est une femme et un homme que j'ai en face de moi, mais ils sont totalement déshumanisés. Leurs fonctions leur ont permis de maltraiter ma mère ; ce sont eux et leurs responsabilités qui ont donné cette triste et horrible fin de vie à Lulu. Je parle à un système, et je leur explique que pour moi ils ne sont rien d'autre qu'un système. Je suis moi-même une machine, un semblant d'être humain dont les sentiments sont complètement en vrac. Et il n'est pas encore l'heure d'essayer de les ranger.

Je vais parler pendant quarante-cinq minutes. Mes mots sont posés, clairs, je ne suis pas confuse du tout, alors que c'est le chaos dans ma tête et dans tout mon corps. Je suis calme. À aucun moment, je n'ai haussé le ton ni pleuré. Je crois que je n'ai jamais regardé quelqu'un dans les yeux de cette façon. Je me souviens de ce que j'ai ressenti quand je les observais.

Je parle et je ne me ressemble pas ; mes yeux, je le sais, sont différents. Mon frère me laisse faire, et je ne m'arrête pas. J'ai cette sensation d'être sortie de mon corps, d'assister à cette scène, un peu en retrait. J'ai déjà vécu des dissociations de ce type ; je reconnais à peine ma voix. Je n'identifie pas non plus cette douleur sourde.

J'ai en face de moi ces gens qui m'écoutent, ils baissent la tête. J'ai l'impression que je les assomme à chaque fois que je leur dis :

— Vous vous souvenez ? Tous les TOUT VA BIEN ?

Comment peuvent-ils me dire maintenant qu'ils sont attentifs ? Ils ne l'ont jamais été avant. Ils n'ont jamais répondu correctement à nos questions quand ils veillaient sur ma mère, ils ne l'ont jamais écoutée. Ils l'ont mal veillée, ils sont mal veillants. Malveillants. Ils n'ont jamais lu les fiches que j'avais remplies ; ils n'ont jamais pris le temps de mettre la petite photo de ma mère à côté de sa sonnette. Ils ne savaient rien d'elle. Pour eux, elle n'était rien d'autre qu'une résidente, un nom sur un listing.

Je développe donc tout cela, sans faillir, la tête bien haute et le regard planté dans leurs yeux. Mon ton, je l'entends, est solennel. Comment peuvent-ils me dire qu'ils souhaitent partager ma peine ? Pour moi, c'est tout simplement indécent, ils n'avaient qu'à être présents avant. Quand il était encore temps. Comment tout cela est-il arrivé ? Comment en est-on arrivés là ? Comment ça, ma mère a sûrement le nez cassé ? Comment ça, tout va bien ?

La seule chose qu'ils ont le droit de ressentir, c'est la culpabilité, et je le leur fais dire.

J'ai conclu en les regardant droit dans les yeux, chacun leur tour :

— Madame, vous avez fracassé ma mère, Monsieur, vous avez fracassé ma mère. Alors, voyez-vous, votre compassion, je n'en veux pas et je ne veux même pas en entendre parler, vous allez pouvoir retourner à vos tableaux et à vos lignes et colonnes de taux d'occupation.

Je termine en leur demandant de bien veiller à ce que des tables continuent à bien protéger l'accès à cet escalier.

Je leur dis également que je vais intenter une action en justice. Je tiens à les prévenir.

Il faudra attendre le lendemain de cet entretien pour que je leur exprime quelque chose d'humain. En me réveillant, j'éprouve une colère qui me fait sortir de cet état de robot, de machine, je me sens vivante et surtout je ressens une énergie folle.

Ma mère est arrivée tôt ce matin au salon funéraire de Saint-Georges, pas très loin de chez elle, de chez mon frère. Cette énergie me pousse à aller voir ma mère. J'y vais avec mon frère et Marie-Rose. Je marche devant, en silence. Je respire cet air glacial, je suis moi-même glacée. Je me souviens de ce que je portais et de chacune de mes pensées au fur et à mesure du trajet.

Je revois cette gentille secrétaire qui nous avait aidés, François et moi, à organiser les funérailles. Aujourd'hui, je me remémore encore parfaitement chaque choix, le bois, le tissu, la musique.

J'entre dans ce qu'ils appellent un salon. J'aperçois ma mère, allongée. Elle porte la robe que j'avais sélectionnée pour elle, et l'étole toute douce qu'elle aimait bien. Je reste un long moment auprès d'elle. Elle est inerte, je la regarde. Ils ont essayé de rendre son visage plus présentable. Je ne la reconnais pas.

Ma pauvre maman. Je me dis ces mots sans arrêt dans ma tête : ma pauvre maman. Et je sens que la violence arrive. Cette violence qui s'est emparée du corps de ma mère, je la ressens.

Je la regarde. Je pleure d'une drôle de manière. Mes sanglots ne me libèrent pas, ils m'étouffent. Je la touche, je touche longtemps sa main. Je ne parviens pas à concevoir qu'elle ne bougera plus, ses doigts ont pourtant l'air de vouloir serrer ma main. Ma mère la prenait souvent. C'était sa façon de me dire « je t'aime ».

Maman, qu'ont-ils fait de toi ?

Je suis entre le recueillement et la révolte. Mon recueillement est violent. Mes pensées aussi le sont, j'ai la vision de ma mère dans cet escalier, j'entends tous les « tout va bien ». J'ai eu beaucoup de mal à lâcher sa main, je savais que je ne pourrais plus jamais la toucher, plus jamais toucher sa peau. Je ne voyais déjà plus ses yeux. Je ne la voyais plus.

En ressortant du salon funéraire, mon frère, Marie-Rose et moi marchons en direction de la place du village. Je ne sens plus le froid que je respire. En passant devant l'école, je saisis mon téléphone dans ma poche et j'appelle l'EHPAD. Il fallait que je leur dise… que je venais de voir ce qu'ils avaient fait de ma mère.

C'est la directrice qui me répond. J'ai pleuré et tout de suite crié. J'ai hurlé ma peine, mon chagrin, ma douleur d'avoir vu ma mère dans cet état.

— VOUS AVEZ FRACASSÉ MA MÈRE, VOUS ENTENDEZ, VOUS AVEZ FRACASSÉ MA MÈRE… EST-CE QUE VOUS M'ENTENDEZ ? VOUS AVEZ PRIS MA MÈRE, VOUS L'AVEZ FRACASSÉE.

J'ai hurlé ces phrases jusqu'à ne plus pouvoir respirer ni pouvoir tenir debout.

Je raccroche. Je me vois assise par terre sur le trottoir face au petit bar où mon père allait boire son café et faire son tiercé. Mon frère pleure, Marie-Rose pleure. Ils m'ont relevée. J'ai vu les gens me regarder, il y avait tellement de peine dans leurs yeux.

C'est à ce moment-là que j'ai retrouvé mon corps, je vivais la douleur de ma mère. Ce soir-là, j'enverrai un message à un ami avocat, je veux savoir quoi faire ; il me répondra que, seule, ce sera difficile. Je suis prête ; seule, mais prête. Maintenant que je me suis réapproprié mon esprit et mon corps, je suis confrontée à un exercice impossible : trouver la place où ranger mon chagrin et ma colère. Ces deux sentiments mis côte à côte sont impossibles à organiser…

Ils font mal individuellement, mais associés, ils sont comme une bombe en moi.

Je n'ai plus de voix.

J'attrape une feuille et un stylo et je rédige une lettre à l'EHPAD. J'y reprends quelques points que j'ai soulevés lors de notre entretien. J'avais besoin de leur écrire.

Cette lettre est manuscrite :

Madame V, Directrice de l'EHPAD Les jardins de Charlotte,

Monsieur Y, Directeur Régional ORPEA,

À la suite de notre entretien dans le bureau de Mme V, en sa présence ainsi que celle de M. Y, nous revenons vers vous, non pas pour obtenir des réponses aux questions relatives à la mort de notre maman, survenue à la suite de sa chute dans l'escalier de votre établissement, mais pour vous faire part de notre volonté de mettre en cause la responsabilité d'ORPEA quant à son décès.

Notre mère est morte d'une mort violente, votre escalier, je vous l'ai dit, l'a fracassée… Je cherche un mot plus digne, mais sachez que même son visage ne l'était plus, alors à quoi bon trouver d'autres mots. Vous nous avez privés de la fin de vie sereine, en tout cas normale que nous espérions pour elle en vous confiant les derniers moments de son existence.

Notre colère et notre chagrin, je vous les ai criés dans une douleur indescriptible.

Jamais, nous le savons, nous n'aurons de réponse de votre part quant à l'estimation du danger que représente cet escalier, situé au centre d'un lieu de vie où bien heureusement les résidents ont la jouissance de leurs mouvements. Ne vous appartient-il pas de garantir leur sécurité ?

En ce qui concerne le volet juridique, votre responsabilité pénale pourrait bien être engagée pour des manquements graves. Vous n'ignoriez pas ces risques puisque vous nous avez vous-même fait part de vos interrogations relatives aux dangers que représentait cet escalier. Il s'agit bien d'un risque élevé d'atteinte à la sécurité et à l'intégrité physique de vos résidents. Il existe plusieurs articles de loi qui soulignent la responsabilité contractuelle imposant la sécurité due.

Nous savons la difficulté de votre position à la suite de cet événement violent et tragique, mais notre colère sera inaltérable.

Nous vous redisons clairement notre but : que cela n'arrive plus jamais, qu'aucune autre famille n'éprouve cette douleur de ne pas pouvoir se recueillir auprès de son parent défunt parce que celui-ci est trop « fracassé ». Je n'ai toujours pas d'autre mot.

Nous étudions la faisabilité d'une procédure visant à engager la responsabilité de votre résidence.

Salutations,

Anne et François PEIGNELIN

Alors, tout s'organise. La cérémonie et le reste. Ma fille va nous rejoindre en train, la veille des obsèques. C'est Betty, ma nièce, qui m'emmène la chercher à la gare. J'ai tellement hâte de la voir.

Ma fille sort du TGV, elle me dit qu'elle vient de tomber malade, là, en une heure, entre Saint-Pierre-des-Corps et Poitiers. Elle est brûlante de fièvre. Quand elle a de la fièvre, c'est toujours beaucoup. À tel point qu'elle ira se coucher dès notre arrivée chez mon frère où nous sommes avec mes nièces. Ma mère ayant toujours été le moteur de la famille, tout me semble étrange sans elle. Je monte voir Lilly-rose dans sa chambre, elle délire tant sa température est élevée. Elle a terriblement mal à la gorge et aux oreilles. Elle ne peut plus parler, elle se sent sourde, elle se recroqueville, s'endort en me disant qu'elle ira mieux demain. Sa nuit a été cauchemardesque, et le lendemain elle ne peut pas se lever, pas parler, pas même tenir assise. Son corps a lâché. Elle restera couchée…

Mon frère et moi sommes allés tôt au salon funéraire. Nous sommes le vendredi 10 décembre 2021. Je regarde toutes ces fleurs qui sont arrivées pour ma mère. Chacune d'elles raconte l'histoire de sa vie et aussi de la mienne. Mon amie d'enfance, les commerçants du petit village qu'était Saint-Georges quand j'y habitais, mon ex-mari Brendan qui tenait à ce que les fleurs soient livrées à temps, et puis ma famille Air France, toujours présente. Je n'avais pas accepté qu'Orpea envoie des fleurs.

Deux personnes des Jardins de Charlotte étaient là, l'infirmière coordinatrice et l'aide-soignante qui s'occupait souvent de ma mère. Elles m'avaient toutes les deux individuellement écrit deux jolis messages et m'avaient demandé si j'autorisais leur présence. Elles souhaitaient dire au revoir à Lulu. Bien sûr que je voulais bien. Elles aussi souffrent de ce qu'Orpea impose.

Brendan m'avait envoyé l'enregistrement qu'il avait fait d'un air de guitare que ma mère aimait bien l'entendre jouer. C'est cette musique que j'ai choisie pour son entrée à l'église.

La bénédiction s'est faite sur ce que ma mère appelait la chanson des sourds : *Savoir aimer* de Florent Pagny. Elle l'appréciait beaucoup.

Et elle est sortie de l'église sur *Le Boléro* de Ravel, morceau qu'elle adorait… Tout est allé très vite. Je savais que tout irait vite. Je savais que j'allais penser vouloir retenir le temps et que je ne pourrais pas.

Alors le cimetière, alors on met une rose sur le cercueil, alors on dit au revoir…

J'ai remercié ma maman de m'avoir appris le courage.

Maintenant, je désire vite rentrer chez moi, je dois me reposer, je suis épuisée. Donc, ma fille et moi reprenons la route dès le lendemain matin. Aucun souvenir du trajet.

Je me rappelle qu'en arrivant chez moi, je me suis précipitée dans mes placards pour chercher les vêtements les plus doux et les plus chauds. J'avais froid, tout le temps. Je sais aussi que je vais commencer à réfléchir, il faut bien que je trouve une solution pour organiser ce Tetris dans ma tête. La partie va être longue. Ranger, empiler ces blocs de chagrin et de colère qui sont en vrac. Je vais commencer à trier tout ça, mon chagrin doit avoir sa place et ma colère aussi, sans cela je ne pourrai pas tenir debout. Le temps va m'aider à gérer le chagrin, mais en ce qui concerne la colère, je me persuade qu'elle ne doit pas s'installer. Je ne veux pas et ne pourrai pas cohabiter avec elle. Il faut que j'en fasse quelque chose et vite.

Alors, je vais m'isoler et décider.

Je me repasse le film de ces deux dernières années, les deux dernières années de la vie de ma mère, de celle de ma fille, la mienne.

Les mots qui reviennent sans arrêt dans ma tête sont « on n'avait pas le choix » et « Orpea a fracassé ma mère ». Puissant sentiment d'injustice. Je suis restée longtemps bloquée à cette étape, je sentais que j'étais coincée, mais j'avais cette envie, ce besoin, cette rage d'avancer qui petit à petit me redonnait de la force. Je commençais à envisager que tout ça allait me mener quelque part.

Et ce quelque part, il fallait que je trouve la direction, la force et le courage d'y aller.

Cette tempête que je subis depuis ces deux dernières années va donc m'emmener quelque part. J'ai cette sensation que quelque chose va se passer, que quelque chose se prépare, sans savoir vraiment quoi. Je sens aussi que je vais devoir être actrice de l'action et ne pas en être spectatrice. On m'attend sur un terrain encore inconnu. Je me dis aussi que ma mère va me guider, comme elle l'a fait depuis ma naissance. Donc, je le lui demande de m'aider et je sais, je sens qu'elle va le faire, je ne sais pas encore comment, mais elle va y arriver.

J'ai constamment en tête les « tout va bien » de l'EHPAD. Alors, je me laisse aller à répondre à ces souvenirs de leur « tout va bien », que « non, non je vous l'avais dit, tout ne va pas bien et regardez… vous avez fracassé ma maman »…

FRACAS ET SCANDALE, deux mots qui occupent ma pensée.

Les deux dernières semaines de 2021 se passent dans une sorte de ralenti, il faut même que je consulte souvent mon agenda pour me remémorer ce que j'ai fait.

Un jour, Lillyrose et moi allons déjeuner avec mon ami Olivier et sa fille dans notre restaurant italien préféré. Petit rituel entre nous. Ça fait du bien. On mange bien, on rit. Je sais qu'Olivier est un peu désemparé devant ce qui est arrivé ; il n'est pas ce qu'on peut appeler un consolateur et ça me va très bien, je ne connais pas trop ce mode de fonctionnement qui, à l'évidence là, ne servirait de toute façon à rien. Donc, nous passons un bon moment. Ma fille me reparle de son envie d'avoir les cheveux rouges, je suis toujours assez peu emballée par l'idée et quand je le lui dis, Olivier intervient : « Mais pourquoi tu ne la laisserais pas faire, après tout, ce n'est qu'une couleur de cheveux, ça passera et ça lui fait plaisir. »

Ça passera. Enfin quelque chose qui passera !

C'est vrai, après tout, pourquoi pas ? Je dis à ma fille d'appeler le salon de coiffure. Je n'y crois pas trop, on est entre Noël et le 31 décembre, période pendant laquelle il est quasi impossible de trouver un rendez-vous. Elle appelle, et bingo, ils ont des annulations et ils peuvent s'occuper d'elle. Joie. Nous laissons nos filles au salon et nous, nous allons voir si on a autant de chance et allons chez mon tatoueur… Chance partagée. Je me fais tatouer le symbole de la dame de pique sur l'intérieur de mon poignet droit. Cette dame de pique va être un petit signe de courage dont j'ai besoin, elle sera là pour m'aider à avancer, vers quoi, je ne sais pas trop, mais je sais que je vais y arriver.

Je suis donc une dame de pique en devenir et ma fille a de magnifiques cheveux rouges.

MERCI, OLIVIER.

Je continue de réfléchir en attendant que quelque chose, un signe, vienne m'aider.

Delphine, de son côté, est au bord du gouffre, elle est à l'isolement total, elle a la Covid et dans son état, c'est très préoccupant, elle qui venait juste de sortir de réa, puis des soins intensifs, la voilà à l'isolement. Ça me peine beaucoup de la savoir seule, alors un jour, un dimanche, je décide de me rendre quand même à l'hôpital. Sur place, je vois qu'il n'y a personne qui surveille l'entrée du pavillon où elle se trouve. Je me glisse dans la peau de Fantômette et j'entre. En cachette. Je ne peux pas prendre le risque de passer par l'ascenseur, et me voilà dans le couloir des locaux techniques, à marcher sur la pointe des pieds. Je suis assez amusée par cette situation et à la fois je crains de me faire attraper, il va bien falloir que je sorte de ce couloir pour aller jusqu'à sa chambre. Je souris parce que c'est typiquement ce que ma mère aurait fait. Alors tel un braqueur, un peu trouillard, mais un peu fou d'excitation, j'arrive sans encombre jusqu'à elle ! Elle n'avait pas la mine des grands jours et surtout elle ne pensait pas me voir. Je suis restée quelques minutes seulement, juste le temps de lui dire que je l'aime et que tout allait bien se passer.

De retour dans ma voiture, je me suis dit que c'était bien facile de rentrer dans un pavillon d'hôpital sans se faire voir. Les couloirs vides ont résonné en moi. Les soignants sont peu nombreux et très occupés, et l'hôpital semble abandonné. Les soignants aussi sont abandonnés. Je repense au jour où mon frère et moi attendions dans un couloir du CHU de Poitiers que quelqu'un arrive avant qu'on nous dise « mais madame, ce service est fermé depuis longtemps ». L'hôpital est vraiment mal en point.

2022 est là et je comprends comment aller de l'avant. J'appelle le commissariat le plus proche de chez moi et je pose cette question : que dois-je faire pour déposer une plainte ? Le policier me dit qu'il faut remplir un formulaire de « préplainte » en ligne, et qu'il faudra attendre que le commissariat me contacte pour venir à l'hôtel de police. Très bien, faisons cela. On est le 20 janvier 2022, je me dis que je m'embarque dans une aventure, une bataille qui se fera en sourdine et qui passera certainement à l'as, mais ce n'est pas grave. Je tiens à le faire, je tiens à mener cette bataille, ou en tout cas, je vais ouvrir le feu… Quelque de chose de puissant me pousse à le faire, je me répète cette phrase, la même qui m'a hantée pendant deux ans : je n'ai pas le choix. Mais cette fois-ci, je fais le choix. J'en ai besoin et je sais que ma mère l'aurait fait. Je vais me bagarrer. Il va maintenant falloir que j'aie la force d'aller raconter toute cette histoire à la police. Ça va aller.

Je sens que quelque chose va se passer. Je me demande bien d'où va venir ce que j'attends et je ne sais même pas ce que j'attends, mais je sais que je n'attends pas vainement.

Je suis au travail et je vois passer un article qui attire mon attention. Un journaliste d'investigation vient de publier le résultat de plusieurs années de travail, d'enquêtes : Victor Castanet sort son livre, il s'appelle *Les Fossoyeurs*.

Je n'y crois pas… voilà que je me retrouve submergée par quelque chose que je n'identifie pas encore très bien. Je me sens enveloppée, portée, un peu secourue. D'un coup, je ne suis plus seule. Il était évident que je n'étais pas la seule à être au cœur d'un tel drame, que d'autres familles avaient été et sont toujours confrontées à ces agissements, ces erreurs, ces questions sans réponse, ces « tout va bien ». Immédiatement, les télés, les radios, la presse s'emparent du sujet. Et voilà qu'éclate ce qui va s'appeler le scandale Orpea. Tout juste quelques jours après ma préplainte. Et je puise dans ce hasard du calendrier la force qui va m'aider à porter ma voix, mais pas seulement, celle de ma mère avant tout, la force qui va m'aider à faire ce dépôt de plainte, à raconter.

Je pense sans arrêt à ma mère et je me demande tout le temps ce qu'elle aurait fait. Dans toutes les situations. Et je suis sûre que face à tout ça, après s'être battue pour la justice, elle aurait écrit. Depuis que je suis en âge de le faire, Lucette m'a toujours conseillé d'écrire quand ça ne va pas. C'était sa façon d'extérioriser sa peine, ses doutes et ses failles. J'ai d'ailleurs été étonnée de ne pas trouver de textes d'elle quand on a débarrassé la maison. Sans doute ne voulait-elle pas laisser de traces de ses faiblesses. Lucette... C'est par conséquent assez naturellement et comme encore guidée par elle que j'ai commencé à tout coucher sur le papier. En attendant d'en faire un récit structuré, je contacte la presse locale *La Nouvelle République* et *Centre Presse*, j'ai besoin de le faire. J'ai besoin de dire à quel point la fin de vie de ma mère fut brutale et violente. Et scandaleuse. J'envoie donc ce court texte :

ORPEA A FRACASSÉ MA MÈRE...

C'ÉTAIT LE 4 DÉCEMBRE DERNIER, AUX JARDINS DE CHARLOTTE À NEUVILLE DU POITOU.

Je vais essayer d'être factuelle.

Ma maman, Lucette Peignelin, 89 ans, était résidente dans un EHPAD du groupe Orpea depuis deux ans. Ou plutôt cliente, devrais-je dire.

Elle se déplaçait très lentement, au rythme que ses troubles cognitifs et fonctionnels voulaient bien lui permettre ou lui imposer.

Les chutes étaient fréquentes et nous les apprenions souvent, non pas en étant prévenus par l'EHPAD, mais en rendant visite à notre maman. « On allait vous appeler »... « pas de grosses blessures »... Voilà...

Jusqu'à ce samedi après-midi du 4 décembre dernier où ma mère est tombée dans un escalier dont l'accès n'a jamais été protégé. Cet escalier dont nous avions pourtant évoqué la dangerosité à plusieurs reprises. Ma mère elle-même le disait : cet escalier est dangereux.

Il faut, il faudrait, il aurait fallu...

En deux ans de bons et loyaux loyers, de vêtements perdus, la moitié de tous ceux que j'ai offerts à ma mère, de jours successifs à porter les mêmes tenues, de journées passées en chemise de nuit, de jours et de nuits passés sur un matelas dégonflé...

Après ces deux années, la vie de ma mère a été fracassée dans un escalier.

Les pauvres infirmières et aides-soignantes n'ont eu que pour seule solution de placer deux tables devant l'escalier. Je les ai moi-même consolées, une aide psychologique leur a été dédiée tant la chute et la mort de ma mère ont été violentes. Moi ? J'ai reçu un tableau de comptes arrêtés...

Mon frère et moi avons été reçus par la direction de la résidence et par le directeur régional, qui avait fait le déplacement. Ils n'ont pu que constater à quel point il allait être difficile pour nous de faire ce Tetris dans nos têtes pour organiser, ranger, colère et chagrin : deux sentiments qu'on ne devrait jamais à avoir à apprivoiser en même temps.

Le deuil se fera avec le temps, la colère ne meurt jamais.

Orpea s'inquiète aujourd'hui du fait que son titre ait perdu 30 % en deux jours.

La chute qu'ils ont laissé faire à ma mère l'a tuée à 100 %, après quelques heures de souffrances atroces.

Anne Peignelin

Très rapidement après avoir envoyé ce texte, je suis contactée par une journaliste. Puis ce fut le tour de *Libération*, puis *France Télévision*, et les autres, ceux à qui je n'ai pas envie de parler.

Le 1er février, un dossier sort dans *Libération*, qui raconte la fin de vie de ma mère, le même jour,

La Nouvelle République publie une double page, et ce même jour, je suis appelée par France 3 pour un passage au JT du soir même. Quand je reverrai les images, je ne me reconnaîtrai pas tellement je suis devenue une autre. Je viens de repasser en mode machine, j'active le mode robot une nouvelle fois.

Le 3 février, les bouleversements se chevauchent. Je suis sur le parking du commissariat, hypnotisée par l'immense panneau POLICE NATIONALE, un peu spectatrice de ce que nous vivons quand Hervé me téléphone. Delphine peut sortir, à condition d'une hospitalisation à domicile. Ce sera chez moi, nous allons nous reconstruire ensemble. En attendant, je dois aller au bout. À ce moment précis, je me sens prête, forte, mais je comprendrai plus tard que je ne le suis pas vraiment.

Au commissariat, ils s'organisent, ils souhaitent avoir le temps nécessaire pour rédiger un récépissé de déclaration circonstancié. C'est le vrai nom de ce qu'on appelle un dépôt de plainte. Ils me disent que l'affaire est grave, qu'ils veulent consacrer beaucoup de temps à notre « entretien ». Et puis, ils me rassurent, tout va bien se passer.

Le fait de déposer plainte rend les choses encore plus réelles. J'ai du mal à croire ce que nous vivons. Je me sens un peu spectatrice.

— Bonjour, j'ai rendez-vous pour un dépôt de plainte, je suis madame Peignelin. »

Le jeune policier qui m'accueille passe un appel et annonce que je suis arrivée.

Une jeune femme descend l'escalier en colimaçon ; elle a la démarche assurée et un sourire incroyablement généreux qui me réchauffe un peu.

— Bonjour, madame Peignelin, je vais vous recevoir, montez s'il vous plaît, on va aller dans mon bureau, je vous fais un café ? On va passer un long moment ensemble…

La gentillesse et la bienveillance de cette femme me surprennent, non pas parce qu'elle est policière, mais parce que depuis le décès de ma mère, je ne rencontre pas beaucoup d'écoute et encore moins de compassion, et pourtant je suis presque noyée.

Donc je m'installe, prête à raconter toute l'histoire. La policière me dit que le timing est incroyable, que ma préplainte a été enregistrée avant que le scandale Orpea n'éclate.

Effectivement, c'est assez fou. C'était donc ça, cette chose que je pressentais…

Depuis quelques jours, tous les médias ne parlent que d'Orpea, du scandale Orpea.

J'ai été très touchée par l'attention et la bienveillance de cette femme. Elle m'écoutait vraiment et je me disais en regardant son visage que je trouvais cela assez incroyable. Je me trouvais en face de quelqu'un qui n'était pas de ma famille, quelqu'un de totalement étranger au drame que je vivais et elle était là, à m'écouter, touchée, scandalisée.

J'étais arrivée avec un dossier qui s'épaissisait de plus en plus. J'avais bien sûr imprimé tous les e-mails, les captures d'écran de SMS échangés, et puis les clichés… Ceux de ma mère, de ses bleus, de ses coquarts, de son état qui se détériorait et de sa perte de poids. Sortir les photos et les commenter était une épreuve douloureuse. Mon interlocutrice le comprend et me dit que les images se passent de mes explications, je l'en remercie. Son écoute et sa compréhension de la situation m'ont tellement aidée aussi à donner un caractère légitime à tout ça. Encore une fois, cette question de légitimité, mais cette fois-ci, je n'allais pas pouvoir faire semblant que tout était léger. Parce que rien, vraiment rien ne l'était dans cette histoire, et puis maintenant j'étais devenue officiellement une grande fille, une adulte et plus simplement la fille de ma mère et de mon père. Alors, je sentais que je portais aussi ce sentiment de devoir.

Ce dépôt de plainte va considérablement m'aider à comprendre l'importance du combat que j'ai entamé.

Au fur et à mesure que nous avançons dans la déposition, je réalise… Je prends conscience que ce qu'a vécu ma mère est scandaleux, je le savais bien sûr, mais là, quelqu'un me disait qu'il fallait vraiment et absolument que j'aille au bout de ce combat, que j'avais raison de faire tout ça, que c'était nécessaire. Les mots de la policière m'ont portée ; elle ne saura probablement pas, même si je lui ai dit, à quel point elle m'a aidée. Et pourtant, une déposition, une plainte est un récit très factuel, pas de place pour les sentiments, juste les faits comptent. Et les faits sont édifiants. En préparation de ce rendez-vous, j'avais dû rassembler tout ce qui était en ma possession, et chaque pièce que je rangeais dans mon dossier vert me faisait prendre encore plus conscience de cette dure réalité.

N'ayant pas encore d'avocat à mes côtés, je pensais que les charges seraient « mise en danger de la vie d'autrui ».

Je suis sortie très tard du commissariat et les infractions sont écrites noir sur blanc.

HOMICIDE. Préjudice : MORT

COMPTE RENDU D'INFRACTION INITIAL

PV n^o……………………

Madame PEIGNELIN Lucette

Née le 17/01/1931 à OYRÉ (VIENNE), de nationalité française, retraitée

Demeurant à : NEUVILLE-DU-POITOU (VIENNE)

Précisions : les Jardins de Charlotte groupe Orpea, 24 rue des Lilas

Communication électronique demandé : NON

A déclaré été victime des infractions suivantes :

HOMICIDE INVOLONTAIRE PAR VIOLATION MANIFESTEMENT DÉLIBÉRÉE D'UNE OBLIGATION DE SÉCURITÉ OU DE PRUDENCE

MISE EN DANGER D'AUTRUI PAR PERSONNE MORALE, RISQUE IMMÉDIAT DE MORT OU D'INFIRMITÉ PAR VIOLATION MANIFESTEMENT DÉLIBÉRÉE D'UNE OBLIGATION RÉGLEMENTAIRE DE SÉCURITÉ OU DE PRUDENCE

Survenues

Entre le 04/12/2021 et le 05/12/2021

À NEUVILLE-DU-POITOU (VIENNE)

Précisions : Les Jardins de Charlotte Rue des Lilas

Nature du lieu : MAISON DE RETRAITE

MODE D'OPÉRER :

Commentaires : chute dans des escaliers non sécurisés

PRÉJUDICES : MORT

Mise en danger d'AUTRUI

Nous sommes le 3 février, les mots sont posés. Ma mère devient **AUTRUI**.

Reconstructions

Je n'ai aucun souvenir de mon retour chez moi, juste celui de ma fatigue. Je suis épuisée, rincée, essorée.

On frappe à ma porte, c'est le service d'hospitalisation à domicile qui commence à me livrer une partie du matériel qui va être nécessaire à Delphine. Hervé arrivera le lendemain, il va m'aider à réorganiser mon appartement.

J'enchaîne donc avec un deuxième cyclone, celui de voir ma Delph tellement diminuée. On se préserve des moments un peu plus légers avec Hervé, pour lui aussi c'est compliqué. Un autre combat débute. On va construire ce cocon, un peu aussi une façon de tordre le cou à cette culpabilité de n'avoir pas pu sauver ma mère. Je sais bien qu'en aidant Delphine et Hervé, je ne résoudrai pas cette histoire de culpabilité. En revanche, je fais ce que ma mère aurait fait et c'est déjà ça… Et puis, ça va aussi m'imposer une vie sociale, des échanges que j'avais totalement perdus. Je ne voyais plus personne, ne parlais plus. J'étais sur le point de m'enfermer complètement sur moi-même, dans ma cabane, ma grotte.

Je commence à recevoir des témoignages, beaucoup de témoignages via les réseaux sociaux. De familles de résidents, mais aussi de soignants, d'employés d'Orpea ou d'autres EHPAD. Je les lis tous, et j'y réponds. Je continue ma route vers la légitimité de ma colère. Bien sûr que je sais que ma colère l'est, mais le fait que d'autres personnes aient été et soient toujours meurtries par ce système me donne une force supplémentaire.

Commence une période très tourmentée, celle de la réflexion.

Tous les jours, je lis des tas d'articles dans la presse, on m'en envoie aussi, je lis tout. Ma réflexion ne porte pas seulement sur le fonctionnement scandaleux des EHPAD, mais aussi sur les raisons pour lesquelles nous n'avons pas le choix, pourquoi sommes-nous obligés de passer par ces établissements qui, grâce à la vieillesse, sont cotés au CAC40 ?

Que fait le CAC40 dans cette histoire ? Alors, oui, les EHPAD sont devenus indispensables et nécessaires. Mais pourquoi sont-ils organisés de façon si opaque ? Pourquoi créent-ils autant de malheur en disposant d'autant d'argent ? Ils sont devenus indispensables, car, rien dans notre régime de santé n'a été fait depuis des décennies pour le « bien vieillir ». Je me remémore ce jour où mon frère et moi avons constaté qu'on laissait sans problème les malades, les familles totalement démunies, abandonnées devant des bureaux vides, car les services n'existent plus. Nos gouvernements successifs ont fait des choix, pas celui de se pencher sur ces problématiques, et ont par conséquent déroulé un très beau tapis rouge, une autoroute tout en ligne droite à ces groupes et on les a d'ailleurs peut-être même félicités de leur entrée au CAC40. Loin de ces considérations, je repense donc à ces moments où François et moi nous demandions « Mais… comment faire ? », « Mais… nous n'avons pas le choix ? », « Comment font les gens seuls ? » Il faut vraiment en passer par là pour mesurer le caractère dramatique de la situation. Nous ne sommes pas en train de parler de financer des recherches pour lutter contre des maladies rares, non, on parle juste de la vieillesse.

En parallèle, je commence à m'intéresser au sujet de la dépendance des personnes âgées. Bien sûr que le problème ne date pas du jour où ma mère s'est retrouvée à l'hôpital et nous en errance dans les couloirs. Mais en prenant un gros (peut-être pas si gros d'ailleurs) raccourci, j'ai quand même l'impression que tout le monde s'en fiche. Alors oui, grâce au travail d'investigation de Victor Castanet (dont je n'ai pas lu le livre tout de suite, peut-être avais-je trop peur de tout savoir), la parole se libère. Mais, bon sang, est-il normal que nos décideurs ne puissent pas se pencher sur un tel dossier ? Est-il normal que ce soit un journaliste qui jette un pavé dans la mare pour que les choses soient dénoncées ? Plus je réfléchis, plus je lis, plus je suis en colère. Tout le monde est d'accord pour dire que tout ça est scandaleux, que c'est mal ! Mais, la faute à qui, ou plutôt grâce à qui ? Tout ce système existe en toute impunité et avec la bénédiction de ceux qui ont tout laissé faire. L'état a validé ce fonctionnement, en encourageant à l'époque la création de ce que le fondateur d'Orpea avait imaginé. Charmant monsieur au demeurant... Mon Dieu, que c'est écœurant ce que le profit peut faire faire. Donc, allons-y, créons ce système pourri et, ah non, attendez, on va même les aider. Beaucoup les aider... C'est l'état d'esprit qui a prévalu lors de la création d'Orpea.

Alors, allons-y à grands coups de millions, de passe-droit, de facilitations en tout genre. Continuons aussi et en même temps à réduire les moyens donnés aux hôpitaux, c'est pénible, les hôpitaux, ça coûte cher et il y en a partout... On va privilégier cette idée brillante d'EHPAD, y mettre des millions, pour que ça rapporte d'autres millions, faisons ça ! Pas plus compliqué que ça !

Et puis, la petite structure deviendra grande, gigantesque. Elle va même sauter des classes tant on ne lui demande pas de comptes, et BIM, c'est au CAC40 qu'on va la propulser. Normal, logique et rapide avec ce principe de monopole. Aidons-les, plutôt que de payer des soignants et de maintenir des lits dans les hôpitaux. Comme ça, Orpea pourra bien travailler et ils ne nous embêteront pas, puisqu'ils vont faire beaucoup d'argent. Ça, c'est du bon boulot, les gars !

Pourtant, si on réfléchit un peu, on ne parle que de vieillir dignement, ce concept qui est, me semble-t-il, un droit que nous partageons tous. Mais quelle place donne-t-on à ce moment où nous devenons juste vieux et souvent dépendants, mais pas encore mourants ? Quand on ne sert plus à grand-chose, quand on ne travaille plus, quand on ne peut plus marcher, plus manger seul, plus se déplacer seul, plus se laver… Ah oui, pardon, il y a les crédits d'impôt.

Avant, il y avait les hospices… Mon Dieu, quelle horreur, sortes de ghettos pour déshérités en tout genre, où l'on mettait aussi bien les enfants abandonnés que les sans-abri. Lieux hors du temps, insalubres, lieux d'horreur.

Maintenant, nous avons des EHPAD. Que nous ne contrôlons pas… Ils travaillent tellement bien, ça se voit non, ce sont des affaires qui marchent…

Oui, c'est vrai, il existe ce qui a été développé en faveur du maintien à domicile. Oui, c'est possible. Pour ma mère, il aurait fallu salarier trois personnes à temps plein, pour couvrir les vingt-quatre heures que compte une journée. Qui peut faire ça ? J'ai vu à quel point les EHPAD sont pleins de personnes âgées dans le même cas. Bien sûr que le maintien à domicile doit être pratiqué quand il est possible, c'est une évidence. Mais pour les autres, ceux pour qui un retour à la maison est impossible ? Est-il normal de leur faire vendre leurs biens pour que ce système fabrique encore plus de rentabilité ? De plus, dans les EHPAD, tout a été pensé pour des résidents bien portants. En témoigne cet escalier qui me hante.

Comment est-il possible de ne pas tout mettre en œuvre pour protéger les personnes âgées ? Surtout avec les moyens qu'ils ont ? L'argent pose question, c'est une évidence. C'est d'ailleurs un des premiers sujets qui est abordé quand vous entrez dans leurs établissements, au point que j'ai très vite compris que le loyer pouvait être négocié… Incroyable découverte. Douloureuse découverte. En fait, avec Orpea, tout est douloureux, et plus on en découvre le fonctionnement, plus c'est dur à supporter.

Les familles paient l'hébergement, ce qui inclut une prestation hôtelière en quelque sorte, c'est-à-dire la restauration, et une chambre ; le loyer sert aussi à l'entretien de la résidence. Les familles règlent en plus de cela une bonne partie du forfait dépendance, le reste étant complété par le conseil départemental. Le taux de dépendance de la personne âgée est mesuré par le GIR et il comprend six niveaux. Il est bien sûr normal que plus elle est grande, plus le forfait est onéreux. Les médicaments et les soins sont pris en charge par l'assurance maladie et les agences régionales de santé.

Il s'agit donc de beaucoup d'argent, celui des familles et aussi d'argent public. Les EHPAD perçoivent des fonds de l'État qui leur permettent de rémunérer tous les soignants. Les équipements médicalisés, comme les lits, les fauteuils roulants, sont pris en charge par les ARS et les conseils départementaux. Je n'avais pas osé imaginer que tout cet argent pourrait être utilisé pour autre chose, je pensais bêtement que leurs publicités disaient vrai… Comment est-il possible d'avoir un tel turn-over de personnel quand on bénéficie des financements publics afin d'embaucher du personnel soignant en CDI ? Eh bien, tout simplement parce qu'il est très tentant (apparemment) de faire de grosses, d'énormes économies sur ce poste. Le travail d'investigation de Victor Castanet est considérable, fruit de plusieurs années d'enquête. Ses conclusions sont édifiantes et expliquent tellement de choses, elles répondent à beaucoup de mes questions.

J'ai fini par lire *Les Faussoyeurs* en entier. Je ressens un profond dégoût pour le fondateur d'Orpea. Sachez, Dr Marian, que je ne vous aime pas, je ne vous respecte pas non plus. Victor Castanet commence son livre en écrivant qu'il n'a « aucune difficulté avec le fait que de grands groupes privés gagnent de l'argent dans un secteur comme celui de la dépendance ». Je partage cette opinion. Effectivement, son livre ne met pas en cause la mission accomplie, je le cite, dans « la prise en charge des personnes âgées les plus vulnérables. La mission est nécessaire, car le sujet est complètement délaissé. »

De mon côté, je reçois toujours de nombreux témoignages. Je ne peux pas échanger avec toutes les familles, tous ces salariés ou ex-salariés d'Orpea, je me sens trop spongieuse face à toute cette détresse, et je dois garder des forces, je sais que la lutte sera longue.

La presse continue de me solliciter et ça devient un peu difficile. Mes épaules menacent de céder. Alors, je décide de confier le dossier à un avocat, pardon, à une avocate. Je la vois sur des plateaux télé, je l'entends à la radio, je la lis dans la presse. Elle connaît bien l'affaire. Dorénavant, les médias s'adresseront à elle et elle « filtrera » les sollicitations, et c'est parfait. Elle sera l'épaule juridique sur laquelle m'appuyer. Elle est outrée par ce qui est arrivé à ma mère et me remercie de lui remettre un dossier déjà très complet. Elle rédigera rapidement une mise en demeure à Orpea afin de récupérer le dossier médical de Lucette. Sans réponse, toujours à ce jour. Bref, j'ai maintenant une aide.

Le temps passe, très doucement. C'est toujours l'hiver et j'ai l'impression qu'il ne finira jamais. Les choses n'évoluent pas comme prévu pour Delphine ; c'est très compliqué. Je suis inquiète le jour et inquiète la nuit, pour elle, pour Hervé et pour ma fille qui subit tout ça. Je vois bien sa souffrance. Ma fille est comme moi, elle ne montre pas les choses, les sentiments comme tout le monde. Bien sûr, je vois, je décode, je déchiffre. Je ne peux pas faire grand-chose, je subis, nous subissons.

Mon corps me lâche, je ne dors que très peu, et je maigris. Et comme un bonheur n'arrive jamais seul, je passe un scanner de la mâchoire en urgence. Il faut que j'aille vite au bloc. Je passerai les détails de cette fin de mois de mars, je suis faible, je souffre beaucoup. Je suis à la limite de ce que mon corps peut endurer en termes de douleurs. Hervé, Lillyrose et moi gérons donc cette drôle de situation, nous sommes tous éprouvés.

Le printemps arrive.

Un matin, je reçois l'appel de la gendarmerie de Poitiers. L'enquête commence et je dois être entendue, auditionnée sur place. Le rendez-vous est pris, ce sera le 2 mai.

Début avril, le gouvernement décide de publier le rapport d'enquête menée par les inspections générales des finances et des affaires sociales qui confirme entre autres un système d'optimisation des coûts à tous les niveaux. Ce rapport démontre qu'Orpea privilégie avant tout le profit avec une machine très bien huilée, aux dépens du bien-être et de la santé des résidents... La presse va revenir vers moi pour m'interroger sur le sujet. Sur les conseils de mon avocate, je ne répondrai qu'à la presse locale et à France 2. On me demande si c'est une consolation pour moi... Je réponds que rien de tout cela ne me console, que je trouve tout horrible.

Dans les locaux de la brigade de recherche de Poitiers, avec mon frère, il a fallu tout redire, tout expliquer encore. Et là aussi, la gendarme qui mène l'audition fait preuve de beaucoup de bienveillance et de compassion.

Je n'en ressors pas moins rincée, un peu sonnée. Je me demande même ce que je fais là. Je range les feuillets de la déposition dans mon dossier « maman ». Ce souvenir est intense, unique aussi parce que différent dans la douleur. Je n'ai pas eu le cœur à rester trop longtemps à Saint-Georges, trop pénible. Quand je suis dans le jardin de chez François, je vois la porte-fenêtre de ce qu'était ma chambre dans la maison de mes parents, et c'est très compliqué. J'imagine que les nouveaux propriétaires vont casser plein de choses, le parquet, peut-être même les murs, refaire la salle de bains, enfin j'imagine tout ça et chaque coup de masse résonne dans ma tête comme s'il était donné par Orpea, chaque coup n'ayant pour but que de briser toutes ces années passées par ma mère à prendre soin de sa maison.

J'ai donc eu besoin de vite rentrer à Paris. Deux semaines plus tard, débutent les états généraux qu'Orpea organise. Ils vont faire le point pour mieux accompagner le grand âge. Quelle blague… Les questions posées sur la plateforme en ligne sont tellement absurdes. Certaines sont de vraies provocations. Je les ai bien sûr toutes lues et ai répondu à chacune d'entre elles. Seules deux tables rondes ont été programmées dans la Vienne. Ils ne savent pas encore faire… Mais ces états généraux furent une drôle de tentative de redorer le blason du groupe. Ils sont à nouveau tombés à côté, mais, en même temps, n'oublions pas que tout va bien.

Nous sommes donc au début de l'enquête et on me prévient, ce sera long et je ne serai pas forcément informée des avancées. À plusieurs reprises, on me dit et me répète : « Il va falloir être patiente et courageuse. »

Comment faire autrement ? Mais ce que le temps me paraît s'étirer… Je me sens désœuvrée. J'attends sans trop savoir quoi. L'impatience, c'est quand on attend quelque chose, mais moi, je ne sais plus trop si j'attends quoi que ce soit. Alors, je relance la partie de Tetris dans ma tête. Les briques à ranger sont de plus en plus nombreuses, c'est certain, et je passe à des niveaux supérieurs. La partie est en cours et ne sera probablement jamais terminée. J'en déduis donc que je ne souffre pas d'impatience. Je me sens juste maintenant parfaitement inutile…

Dans l'esprit des gens, entamer une procédure veut forcément dire attendre une réponse de la justice. Oui, c'est vrai, mais je n'en suis même pas sûre. Je suis vide.

En revanche, du courage, j'en ai à revendre. Cette expression est drôle. Quand je fais le bilan, je me dis que je n'en ai pas manqué. J'aurais aimé prendre la route et aller jusqu'à Neuville, entrer sur ce parking de la Résidence des Jardins de Charlotte, me garer à ma place habituelle, me dire que « ah, bah tiens, la voiture du médecin n'est pas là, ah oui c'est normal, c'est vrai… ». J'aurais aimé faire ce trajet, ce voyage, oui ce voyage. Juste pour une chose. Je n'ai pas envie d'aller là-bas pour saluer qui que ce soit, pas même leur dire ma peine, mon chagrin ni ma colère, ils savent tout ça. Mais une question me hante : ont-ils fini par protéger l'accès à cet escalier, y ont-ils mis une sécurité ? C'est ce qui m'obsède. L'escalier. Et puis, je suis traversée par des pensées douloureuses : y a-t-il maintenant assez de monde pour prendre soin de ces personnes âgées que je croisais en allant voir ma mère ? Parce qu'elles sont toujours vivantes, elles. Ces questions sont très envahissantes et elles me font beaucoup de peine.

Alors, oui, on parle d'argent, de la bourse, de finances, d'argent public, de scandales. Mais est-ce que ces personnes âgées sont maintenant traitées différemment, avec le respect qu'on leur doit tous ? Sous prétexte que les EHPAD n'ont pas le temps, parce que soi-disant ils n'ont pas d'effectifs suffisants, on fait perdre le peu d'autonomie aux papis et aux mamies, on leur met des couches, on les laisse allongés, on leur parle mal, ils ne choisissent plus rien. On ne fait pas attention à leurs vêtements. En revanche, on leur fait payer le prix fort. On les met en danger. J'en ai marre d'entendre que les soignants, les employés font ce qu'ils peuvent avec les moyens du bord. Ça, je ne peux plus le supporter. Bien sûr, on est des êtres humains, on fatigue, parfois on s'énerve, mais… comment oublier que quand on a la charge de personnes âgées en état de dépendance, on se trouve, d'abord et avant tout, face à des personnes qui ont toutes eu une existence, une enfance, une adolescence, un mariage, des deuils, des bonheurs, des souffrances, enfin un peu de tout ce qui fait la vie. Leur existence est toujours bien réelle, ils sont toujours là. On leur retire tellement de choses qu'ils seraient en droit d'avoir. Parce qu'on décide qu'ils ne servent plus à rien, enfin plus à grand-chose. On les oublie et on les engueule. Voilà ce qui m'est insupportable. On les dépossède de leur vie, on les parque, on gare leurs fauteuils là, bien alignés, les uns à côté des autres et à ceux qui demandent à aller aux toilettes, on leur dit de faire dans leurs couches.

J'ai honte de ce manque d'humanité.

La vie continue

Sur ce coup-là, Orpea a raison. Delphine a repris le dessus et va pouvoir rentrer à Saint-Martin. Je me retrouve donc chez moi, avec un peu moins de combats à mener. Je me réapproprie les lieux. Je change les meubles de place ; c'est une manie, je les bouge à chaque fois que je m'ennuie, que je vais bien ou que je vais mal, ou quand je tourne une page. Et puis, je retrouve un peu ma fille aussi. Je suis fière d'elle, je désire qu'elle sache à quel point elle m'a aidée et à quel point c'est important pour moi de la remercier pour tout ce qu'elle a fait. J'essaie de ne pas passer à côté de tout ça. Le bac de français approche, je n'ai pas trop d'inquiétude, mais je ne le lui dis pas trop, je ne veux pas lui faire subir cette pression, celle de la peur de décevoir. Et bien sûr, l'épreuve va bien se dérouler.

Juillet arrive. J'adore le début de l'été, ma saison préférée. Mais là, je sens que je m'écroule, en silence bien sûr et seule, pas question de me plaindre. Mais je m'effondre. Je prends un billet d'avion pour ma fille afin qu'elle aille voir son père à La Réunion. Je vais être seule chez moi et c'est bien. Dans ma cabane. C'est d'habitude une assez bonne idée. Alors, je m'organise une vraie semaine commando : psychologue, psychiatre, ostéopathe, hypnothérapeute… Il faut que je m'occupe de moi. Ma psy est en vacances, je vais aller voir quelqu'un d'autre. Je sais très bien que cette consultation sera plus symbolique qu'efficace, mais j'y vais. J'arrive avec mon histoire et j'ai presque cru que j'allais devoir remonter le moral à cette jeune psy. Je ne retournerai pas la voir, mais la démarche m'a fait du bien. Ça m'a fait du bien de dire « je vis un truc dingue et douloureux depuis des mois et c'est maintenant que je coule ». Voilà, ça m'a suffi : l'exprimer pour aller mieux. Allez, j'enchaîne avec l'hypnothérapeute. Monsieur P., je vous l'ai dit et je vous le redirai, vous n'avez peut-être pas changé ma vie, mais pas loin… Je découvre l'EFT, cette technique qui consiste à reprogrammer les émotions en prononçant des phrases et en tapotant des points qui correspondent à des méridiens, bref, c'est très curieux, mais c'est très libérateur. J'ai donc beaucoup pleuré en répétant ces phrases : J'ai laissé faire… on m'a abandonnée.

Je suis en pleine mise à jour de mon système…

Plus tard, je retournerai voir cet hypnothérapeute et lors d'une séance, il m'a emmenée dire au revoir à ma mère. Expérience incroyable. Je suis habituée à cette technique, je parviens maintenant à pratiquer l'autohypnose, j'arrive à atteindre ce qu'on appelle une transe, état semblable à un décollage et qui me plonge dans le sommeil. Bien pratique en période de surchauffe.

Mon mois de juillet a été plein de surprises ; petite leçon de vie : il faut penser à soi. Il faut parfois accepter de recevoir de l'aide qui vient d'un ami ou bien d'un inconnu qu'on rencontre, même si a priori ce n'est pas le moment, d'un hypnothérapeute du bout de sa rue et se dire qu'on a de la chance.

Chacun à leur manière, ils ont changé beaucoup de choses dans ma vie. L'un le sait, l'autre moins. Je vois dans ces rencontres de petits cadeaux que Lucette met sur mon chemin.

Je me sens mieux et une nouvelle épreuve pointe le bout de son nez. J'ai reçu un appel de l'OCLAESP. Je serai auditionnée le 30 août. L'OCLAESP, c'est l'Office central de lutte contre les atteintes à l'environnement et à la santé publique. Il s'agit d'une sous-division de la Police judiciaire. Là encore, le moment est difficile, mais je parviens à activer le mode machine et à le désactiver avec plus de facilités. Je vais encore devoir revenir sur les faits. Je vais de nouveau avoir en face de moi des interlocuteurs doués d'écoute et très gentils. Leurs questions sont claires et précises, mes réponses le sont aussi.

La veille, j'ai dormi à Paris. Je ne voulais pas arriver en retard dans les bureaux de l'OCLAESP. J'ai dîné avec mon ami, rue Daguerre et j'ai vu un homme au milieu de la foule, il marchait, en costume, il portait un nez rouge de clown. Sûrement un petit signe de mon père à qui j'avais demandé un peu d'aide dans mes petites prières secrètes. Quoi de mieux comme signe de mon papa que déplacer un clown rue Daguerre ? Merci papa.

L'enquête est en cours. Les faits ne nous appartiennent plus. J'ai le sentiment d'avoir fait ce qui était bien.

J'ai appris que l'accès à l'escalier avait été sécurisé. Je ne passe pas une journée sans penser à tous ces papis et mamies, posés là, rangés, dans le hall, à qui on ne prend toujours pas la peine de répondre quand ils appellent, et ça me brise le cœur. Par pitié, par humanité, répondez-leur !

Messieurs, levez un peu le nez de vos tableaux de taux d'occupation, de vos courbes de rentabilité. Essayez donc de faire vos métiers qui pourraient être formidables au lieu d'effectuer des exercices boursiers.

Ces gens-là ne demandent pas pardon

Et aujourd'hui, où en est-on ?

Je ressens le besoin de raconter tout ça pour plusieurs raisons. Bonnes ou mauvaises, je n'en sais rien, mais ce sont les miennes.

La première, c'est parce que ma mère voyait juste : écrire fait du bien. Pour soi, pour quelqu'un, c'est toujours une bonne idée. Pour oublier, pour se souvenir, pour continuer à vivre tout simplement. Ça peut aider à faire couler des larmes qui auraient pu rester coincées ou qu'on a trop longtemps camouflées. Et puis, écrire peut aussi informer, servir à partager, peut-être même aider. Je n'ai aucune prétention quant à l'utilité de mon témoignage. Je ne vais rien révolutionner.

À chaque fois que j'ai échangé avec d'autres familles, je constatais qu'on racontait malheureusement des histoires qui se font écho. Nos larmes et nos colères se ressemblent beaucoup et il en ressortait toujours quelque chose de positif, c'est ce sentiment de ne pas se sentir seuls face à tous ces drames.

La phrase est célèbre : la parole libère.

Alors, j'ai écrit, mais je n'ai aucune prétention. Je ne suis que la fille de Claude et de Lulu. Et ce n'est déjà pas si mal.

Pardon maman…

Mes mots s'adressent véritablement à ma mère.

C'est aussi un moyen de la remercier, de lui dire qu'elle me manque chaque jour, que j'ai eu tellement de chance d'être sa fille. C'est un moyen de lui dire « je t'aime maman ».

C'est un moyen de lui dire qu'elle avait tellement raison de détester ce système, c'est un moyen de lui demander pardon pour une faute que je n'ai pas commise. Je sais bien que ce n'est pas à moi de demander pardon… Mais ces gens-là, tu le savais toi, ne le feront jamais.

J'ai écrit ces pages en ayant parfois l'impression de manquer de pudeur en décrivant qui étaient mes parents, a priori ça n'intéresse personne, mais c'était important pour moi de vous les présenter, surtout ma mère. Il fallait bien que je raconte qui elle était, comment nous, ses enfants, ses petits-enfants avons vécu ce drame, comment on continue de le vivre. Je n'aimerais pas qu'on sous-estime la vie de Lucette, c'est exactement ce qu'a fait Orpea.

Je ne voudrais pas qu'on retienne de la vie de ma mère uniquement le fait qu'elle ait pris fin chez eux. Lucette Peignelin n'est pas autrui. C'était ma mère et une sacrée femme.

Je ne voudrais pas non plus qu'on sous-estime ma colère. Ces mots, je les ai prononcés en regardant les gens d'Orpea droit dans les yeux : « je vais apprivoiser mon chagrin avec le temps, mais sachez que ma colère, elle, restera intacte, forte et insupportable tout au long de ma vie. »

Orpea, je ne vous lâcherai jamais. Votre vie continue, avec moi.

Ceux qui sont vrais et les autres

Ceux qui sont vrais ne sont pas nombreux. Je veux parler de celles et ceux qui véritablement mettent tout en œuvre pour améliorer le quotidien des personnes âgées. Ils sont peu nombreux et tout est fait pour les décourager. J'en ai croisé quelques-uns, je ne les oublierai jamais.

Dorothée, aide-soignante au CHU de Poitiers, était tellement impliquée dans son travail... Son objectif quotidien était le bien-être de ma mère, et des autres bien sûr. Elle fait partie de ceux qui travaillent dur et qui doivent pallier tous les manquements créés par cette déshumanisation de l'hôpital. J'ai beaucoup de respect pour eux et je n'ai jamais oublié de les remercier.

Merci, Dorothée.

S., infirmière aux Jardins de Charlotte, a été une de deux rares personnes qui ont véritablement apporté de l'humanité dans les derniers moments de la vie de ma mère.

Elle m'avait envoyé ce joli message quelques heures après avoir appris son décès :

Bonsoir, c'est S., l'infirmière-co de Charlotte, je me permets de vous contacter par message, car je ne veux vous déranger dans un tel moment où la seule ressource est votre famille… Je voulais simplement que vous sachiez l'immense tristesse et la sidération qui m'ont envahie à l'annonce du décès de votre maman… Je sais très bien que mon chagrin ne sera pas à la hauteur de celui que vous ressentez, mais sachez que votre maman était plus qu'une résidente aux yeux de beaucoup d'entre nous… Son petit regard coquin, son sourire illuminait nos journées et ses mots toujours rieurs et pertinents quand elle venait nous faire un petit coucou à table… et je pourrais vous en écrire encore et encore tellement votre maman était une belle personne… Même si notre métier ne nous permet pas de nous attacher, parfois la relation humaine est plus forte que tout et sachez qu'elle va beaucoup nous manquer… Je vous souhaite beaucoup de courage, et sachez qu'avec le profond amour qu'elle vous portait, elle sera toujours près de vous…

Un cadeau caché

Le décès de ma mère m'a fait réaliser que, maintenant, il faut que je trouve du temps pour moi. Je suis comme elle, c'est vrai, je suis une maman, mais aussi une femme. Même absente, elle sait placer sur ma route des épreuves, des rencontres, et je trouve un sens différent à la vie. Quand on ressent la colère comme je l'ai ressentie, il faut essayer de comprendre. On dit qu'il y a toujours une leçon à apprendre et à retenir. Alors, j'essaie et j'ai beaucoup de chance de reconnaître la patte de ma mère.

Après tout, elle ne pouvait pas être partie comme ça en ne me laissant que le manque et le chagrin. Elle n'aurait tellement pas voulu ne laisser que ce souvenir, celui de n'être qu'AUTRUI sur un dossier de plainte.

Alors, souvent elle me conduit, elle me guide, m'emmène dans des lieux où je ressens très clairement sa présence.

Un jour d'été, je suis entrée dans un bel immeuble parisien où, tout en haut, au dernier étage, j'ai senti l'odeur du produit qu'elle mettait sur les feutres des chapeaux qu'elle confectionnait. Ce matin-là, j'étais allée au Bon Marché et, en m'y promenant, je m'étais sentie triste, je pensais que ma mère n'était pas là avec moi. Quand, après cette petite balade dans ce lieu qui sera toujours lié à son souvenir, je me suis rendue au dernier étage de ce bel immeuble et que j'y ai senti l'odeur de l'après (c'est le nom du produit utilisé par les modistes pour la finition des chapeaux), je me suis dit que ma mère me faisait signe. Un peu comme si elle me susurrait : « Tu vois que je suis là, que tu n'es pas toute seule, profite de cette belle journée… » Je n'avais jamais senti cette odeur ailleurs que chez elle, pas loin de là où elle rangeait ses magnifiques moules à chapeaux en bois.

Le vieux carrelage de l'entrée de ce si bel immeuble est le même que celui qu'il y avait dans la cuisine de la maison de Saint-Georges…

Il y a peu de temps, j'ai fait la rencontre d'une dame âgée à l'aéroport, assise sur son fauteuil roulant. Nos regards se sont immédiatement croisés, nous avons souri toutes les deux. Nous avons les mêmes yeux verts. Les yeux de ma mère. Elle rentrait en Égypte (ce pays résonne en moi depuis toujours sans que je ne sache vraiment pourquoi). Une émotion intense m'a envahie quand je suis allée à sa rencontre, et quand je me suis accroupie auprès d'elle pour la saluer, elle a pris mes mains dans les siennes et m'a dit « Merci, ma fille », en me souriant et en me regardant droit dans les yeux. Aujourd'hui, j'en suis certaine, ma mère continue de me conduire vers qui je suis vraiment. Merci, maman. Depuis tout ça, on ne me parle de ma mère que pour me questionner sur l'avancement de l'enquête.

Ma mère a été quelqu'un, vous savez, pas seulement AUTRUI.

Si je ne devais choisir qu'une seule phrase à dire, droit dans les yeux, à Orpea, ce serait sûrement :

C'EST QUELQU'UN MA MÈRE, VOUS SAVEZ !

Voilà, je suis la fille de Claude et de Lulu. Aujourd'hui, j'ai 54 ans et on dit que mes parents m'ont quittée ou que je les ai perdus. Ce n'est pas mon sentiment, à leur façon et souvent chacun leur tour, ils me guident et m'aident à vivre sereinement. Ils me manquent beaucoup, mais je suis devenue une grande fille, une femme. Une femme un peu comme Lulu, libérée de bien des combats. Pas de tous, le dernier est toujours dans un escalier, un peu bloqué au milieu.

Orpea a volé la fin de vie de Lulu après avoir balayé tout le reste. Ces gens-là ne reconnaissent pas les odeurs, les parfums, ils oublient à quoi ressemblait le carrelage de la cuisine de leur enfance.

MA MÈRE N'EST PAS AUTRUI. MA MÈRE EST INCROYABLE. MA MÈRE, C'EST LULU ET J'AVAIS BESOIN DE LE DIRE.

Anne, la fille de Lulu.

Remerciements et pensées

Pour finir, je voudrais remercier…

Mon frère. Sans toi, l'équipe que nous avons formée n'aurait pas existé, nous avons été sacrément forts, parfois chacun à notre tour, parfois ensemble et en même temps. Papa et maman seraient fiers de voir le lien qui nous unit. Merci, François.

Ma fille. Tu es mon souffle depuis ta naissance, tu m'as donné la force de traverser cette épreuve, comme une fille qui porte sa mère. Tu as hérité de la ténacité des femmes de la famille. Tu es la fierté de Lulu, ne l'oublie jamais. Merci, Lillyrose.

Ma Delph, Hervé. Ma famille pour la vie. On a vécu toute cette aventure alors que toi, Delph, tu te battais pour rester en vie. Merci d'avoir conscience que cette vie est belle. Vous savez à quel point Maman vous aimait. Merci.

Fatma et Olivier. Vous êtes ma dream team au travail et dans la vie, vous m'avez tellement aidée. Continuons d'être là les uns pour les autres. Fatma, toi et moi, on se ressemble tant. Merci, mes amis.

Ma famille Air France. Ensemble, nous vivons les joies et les drames. Nous avons porté des deuils, célébré des naissances, des mariages, vécu des divorces, comme des pompiers dans une caserne, vous avez été un fort soutien, en uniforme ou pas. Claude et Lulu vous aimaient beaucoup. Merci à vous.

Laurent, mon médecin et grand ami. Toujours présent, tu m'as accompagnée en endossant à la fois et à la perfection la blouse blanche de médecin et l'habit d'un véritable ami. Merci Laurent, merci Docteur, tu sauves bien plus de vies que tu ne le penses.

C., tu te reconnaîtras… Tu ne t'es jamais contentée de ce que tu devais faire, profondément drôle et humaine, merci de ton humanité, souvent seule contre tous, tu as su, quand tu le pouvais, égayer un peu les journées de Lulu, merci.

Et puis je souhaite témoigner mon amitié à Laetitia, Arnaud et Élodie, qui traversent ce vide de la fin de vie de leurs parents. Ils me touchent beaucoup.

Merci à City Éditions pour la confiance et l'intérêt dont ils ont fait preuve envers moi et mon envie de témoigner. Un merci tout particulier à Anne-Lise, qui a su tout comprendre, très vite et presque instinctivement, merci Anne-Lise, tu as été une oreille qui écoute et qui comprend, une main qui corrige. Sans toi, ce livre n'existerait pas. Merci, merci, merci.

Merci à toi, dont je tairai le nom, merci d'être sur ma route et dans ma vie. C'est toi qui m'as donné la force d'écrire. La force tout court et tant d'autres clés. Merci, Monsieur Trésor.

Et surtout, ma mère, Lucette, Lulu. Merci pour la vie, pour toute cette vie, pour m'avoir appris que la haine est un poison, que la vie est dure, mais belle, et que le pardon n'est pas obligatoire. Je t'aime, maman, tu me manques tellement. MERCI, MAMAN.

Pour m'écrire : a.peignelin1969@gmail.com

Retrouvez-nous sur les réseaux sociaux :

City Éditions

www.city-editions.com
@cityeditions
www.facebook.com/cityeditions/
@CityEditions
@cityeditions

Achevé d'imprimer en août 2024
sur les presses de la Nouvelle Imprimerie Laballery
58500 Clamecy
Numéro d'impression : 407598

Imprimé en France

La Nouvelle Imprimerie Laballery est titulaire de la marque Imprim'Vert®